后土

THE GIRL
AS
A MAN

冯三羊———— 著

作家出版社

CONTENTS

目 录

第二章：分道

第三章：面对

第四章：中盘

第五章：残局

后土·自序

/留白

我现在暂时有一个写作空间，里面有一张写字的桌子。四面是墙壁，墙壁是白的。那白处，留下了思想的空间。

留白，并非完全是白。留白尚有笔墨，只是笔墨比较少、比较清淡罢了。

少年时读书、读画，不解"知白守墨"，以为"白"，是偷懒不作业；而"墨"，是有了功夫之后的体现。下笔笔墨浓浓、力透纸背，就是勤奋写意之举了。

过去墙上挂了一幅画，画的下面是几笔散墨：墨重如山，色淡如水。山水之间伫立一个人，身着素衣，头戴学人帽；看不清楚他的面目。他仰视，面向空白的天；天上有飞雁，飞向何处？那画面的上面，处处留白：

寻阳留雁去无声

据说，这幅画是亚明画的。或者说，这幅画的落款是名家"亚明"。此画的真伪，我说不好；早些时候请人看了，也是说真说假的、说好说不好的。我想，行家、专家也有看走眼的。不去计较。这幅画是挂在我的墙上，只要我喜欢就是了。

我喜欢，居然有人比我更喜欢。这个人走进来，看见墙上那幅画，说："拿下，开一个价。"

我不是这幅画的主人。这幅画是请主人开价出手。有人说"忍痛割爱"。我说忍痛割出一块"白"。过了一些日子，我在那块空白处挂上溥心畬的四幅"春夏秋冬"，水墨山水依旧，只是那画面上多了一点颜色。那颜色，是山青，是树黑，是树叶黄了。水，见于空白处，黑白之间心境似水了。

知我者，墨之。

陈墨之是画家。前几年，他送给我一幅他画的第三类国画，是他特意为我画的。这幅画的画面是山；山很高，好像在云里。我是看不出高山流水的样子，是以为山高云淡吧。墨之的书法好，我欣赏他的题字：

白云古寺钟声

画面上留白的地方就是云。钟声，用心去听。至于古寺，墨之只画了一笔屋顶，隐隐见于高山之巅。山着淡青色，云云淡之。那画面有意思了，作者似乎就不肯再费多余的笔墨。

我把陈墨之先生的这幅画挂在客厅里，一整块的墙壁上就挂了这一幅。

写作，我想"留白"，然而笔墨落实在纸上，终究是"白的地方要白、黑的地方要黑"吧。要不然偷懒；怕惹事，索性不写。无言，无求品自高。我自我反省，批判自己。回头想，人活着，话还是要说的。就是心里经常要琢磨说什么、怎么说。邓石如说的"计白当黑"，墨为字，空白也为字；有字之字重要，无字之字更为重要，全在字里行间了。

清刘石庵喜好浓墨，王梦楼善用淡墨。我想，作者不妨浓淡相宜、枯润映衬，只要墨分"五色"、有"六彩"。

我看陈墨之用墨，墨的质量"质细、胶清、色黑、声清"。不过，那个时候因各种原因，他暂时不作画了。而我，现在暂时还在写作。要说今日笔墨"留白"，墨之先生先胜于我。

吴淇的《六朝诗定论缘起》说："诗有内有外，显于外者曰文曰辞，蕴于内者曰志曰意。"

写作明志达意，虽不能"文以载道"，然而此中个性，"屈曲有成理，自谓颇识其数，尝为人言，多不能赏，意或异故也"。

读书写作多年，作为一个学者，至今仍不通笔墨黑白两道；在此将过去的见识磨印出来，呈现于自己和读者眼前，也算是"笔集成文，文具情显"了。

以此为代序，余言留白。

冯三羊于苏州

第 一 章

缘 起

01 这回，赌一把

晋南富商雷家三爷雷启后，"九一八事变"后，他在东北硬撑了两个多月，丢下东北的生意，回到山西运城。这时候，三爷的女人生第二胎，雷启后一看，又是女孩，扫兴得很。郎中倪云道先生给三爷出主意，说娶一个少女回来生孩子，头胎十有八九是带把的。

雷启后信倪云道一说，回头叫媒婆物色人。赶巧了，媒婆常姨有一个现成人选，说她有一个远房亲戚，有个女儿叫果儿，十六岁，个子高，美得很。雷启后说："好，改天，请常姨去说媒！"

这天夜里，果儿没有睡着，在床上挨到天亮。心里想好了一早起来回母亲的话，然后去兰戏班排戏，给班主一个回音。

这时候外面还在下雪，晋南老街一夜之间变成一幅木刻水印版画，白的地方就是白，黑的地方就是黑，好像今天天命果儿要做一个非黑即白、非白即黑的选择。果儿看一眼窗外，发呆一会儿心里想，从这个家门走出去到外面路上，你要么向左拐朝东走，要么右拐向西。还有别的选择吗？

果儿对父亲没有印象。果儿记事那年，有一天她母亲被两个男人一副担架抬回家，说是在台上摔了一跤，一条腿断了。后来脑子跟着不好使了。从此以后她母亲口齿含糊不清，话说不清楚；近几年生活不能自理，人一直待在屋里躺在床上下不了地。

果儿起床后，烧开水给她母亲下了一碗面条，端着碗走进母亲房间，看见母亲闭着眼睛靠在床头。听见女儿喊娘吃早饭，常语睁开眼睛，两只眼睛出神地看着自己唯一的女儿果儿。常语心里明白得很，看样子自己活不到今年过年，赶在自个儿一口气还撑着，把女儿的事安排好。"果儿……"常语手一摆，叫果儿把面碗和筷子先放在床头小桌子上，她张开嘴巴喘一口气，接着要和女儿说道说道昨天晚上说的大事——

"这个事，今天要、定下来。回头，常姨来听回音，给晋南雷家三爷、一个准话。"

果儿注意到，母亲昨天起头说这个事，跟今天说话一样，语音很清楚，两只眼睛痴痴呆呆看着面前的女儿，等女儿回话。昨天晚上果儿叫母亲吃过晚饭早些休息，有话明天再说。今天早上果儿叫母亲先吃早饭，吃好了再说。

"不，"常语眼睛一闭摇摇头，喉咙里咳了几声，接着说，"咱说好了，吃——"最后一个"吃"字含嘴里吐不出来，一阵咳嗽。

果儿倒一杯水给母亲，两只眼睛闪亮看着母亲的眼睛，正式回话说自己已经想好了，这会儿她不想那个事，现在她不想嫁人。果儿明年要去后土祠，上品字戏台演戏唱戏，披红。

这一说，只见母亲一口气噎住，一时喘不过气来，一只手一把拽住果儿，紧紧拽着死活不放手。

……

时间倒回到半个月前冬至，兰戏班班主兰笑生和兰戏班老弟兄恩儿师傅坐在炕上喝酒，两人三杯汾酒下肚，该说的话，要紧要慢要商议的事，都摆在桌面上说清楚。这时候兰笑生放下酒杯，手指头敲定桌面最后说一句："这回，赌一把。"

话说到这个份上，恩儿师傅还是摇头。老恩脸上左面腮帮子有一撮毛，这会儿一撮毛不停地一抖一翘。这意思明摆着，兰笑生说到现在还是没有说服一撮毛。兰笑生不想跟老弟兄再起争论，先前两人喝酒说话已经脸红脖子粗了一个回合。兰笑生将一将一撮毛的理由，合着说就一句话，一撮毛说："输了咋办？"

兰笑生看着一撮毛眼睛，一时无话可说。一撮毛随手满上自个儿酒杯抿一口，嘴巴一咧，跟进说道还是那句话，别的都好说，都可以商量，就是不能问万泉钱庄借钱。一撮毛接着再啰唆几句，说笑生乱来，要借高利贷为兰戏班置办道具行头，打点社家关系，让兰戏班明年踏进后土祠，上品字戏台——

"那是皇天后土祠，"兰笑生接住话头，朗声说道，"一唱天下红。"

"也有一唱下地狱。"一撮毛把酒杯往桌上一碰回道。

"哎，"兰笑生眉头一皱，随即换脸微微一笑说，"老恩，咱小戏班，要出头，要挣钱，要吃一口饭活下去是不？眼下，外面就一条道，甭管你天下红，还是下地狱。"

这时候兰笑生心平气和地说话，话头一转又回到向万泉钱庄借款这个事。一撮毛还是坚持说，不成，还是问正规票号借款。

"废话，"兰笑生一脸苦笑，手指头点点桌面，说道，"问票号借款子，人家要抵押，要担保。咱一肚皮苦水，隔三岔五吃西北风滚地皮，拿什么出去抵押？有哪个出面给兰戏班担保？"

看一撮毛好像无言以对，兰笑生一个深呼吸，一口气吐出来接着说道，明年三月十八，兰戏班只要能踏进后土祠上品字戏台，就是赢面。赢多赢少，现在不知道。头一条，不输。往后扛这个招牌走出去，兰戏班日子会好过一点，那是自然而然的。

"但是——"兰笑生给一撮毛倒满酒，一边说，"如果，到时候兰戏班一个角儿走运，在那个最高戏剧舞台上披红，这个，怎么说啊，还有什么话好说？"兰笑生看一撮毛不吭声喝酒，敲敲桌面继续说道："今天退一万步讲，就是这回没披红，也是他妈的赢。"这时候老恩一口把酒干掉，嘴角一吊："嗯。"

就这么定了。在接下来两个礼拜，兰笑生把借款、置办道具行头、打点关系全部办妥；然后对兰戏班众人宣布即日起闷圈，租一个安静的地方，一班人圈起来吃住，练功排戏，不准出去，一直闷到明年三月十八之前出来。这期间，兰戏班只有一个人情况比较特殊，允许果儿每天回家照顾母亲。一撮毛提醒兰笑生，最好安排一个人搭把手帮着照应果儿的母亲。兰笑生点头说好，回头叫上和果儿搭戏的女妖小小，让她隔天去一趟果儿家帮忙。

这天下午晚些时候，兰笑生单独找果儿，私底下给果儿先透个底，意思分着说，三句话：第一句话是，明年农历三月十八日后土祠庙会，兰戏班要一脚踏进后土祠山门，登上品字形戏台；第二句话，说兰戏班不跟人家有名的大戏班比拼什么大戏大排场，咱小戏班拿蒲剧《挂画》绝活儿露个脸；第三句，这回果儿你有机会上品字戏台演出《挂画》戏。果儿一听，两只大眼睛一亮忽闪忽闪，嗓子一紧屏住呼吸，一时说不出一句话来。

看着果儿的脸憋得通红，兰笑生微微点头一笑，随即神情严肃多加一句："一把，全部押上去。"

"嗯。"果儿憋了半天总算开口说话，小声问一句，"兰叔，行不行啊？"

"废话。"兰笑生说完转身就走。走出十几步听见果儿说：

"我娘说不行，咋办？"

兰笑生停住脚步，突然身背一挺，抬起头看天；一会儿转身回过来走到果儿面前，从怀里摸出一枚铜钱，两个手指头捏着这枚亮闪闪的老铜钱竖起给到果儿面前——

"拿着，"兰笑生看着果儿的眼睛说道，"回去跟你娘说，叫她放手。常语知道这枚铜钱，让她自己扔。她叫你扔，你就扔。正面朝天，你赢。反面，是你果儿的选择，你自个儿认。"

02 在人堆里看见你

果儿每天早出晚归。母亲每天吃两顿。日子一如以往平常平淡，粗茶淡饭，家庭琐事，这个家母女俩没啥好说的。果儿晚上回到家里不说戏班的事，白天在戏班里不说家里的事。兰戏班一班人马照常闷在圈里练功、排戏、吃饭、休息、睡觉，心里边都憋着一股劲儿，跟着班主兰笑生奔来年一个盼头。对大家来说，那是一个顶天立地的目标，这是大事。

正儿八经的事没话说。戏班子平常也难得偷闲找乐子。刚子、吕树仁吕哥、天星和跑龙套的彪子，有时候聚在一起无聊说笑拿女人说事寻开心。刚子在闷圈里闷得难过，起头开玩笑说外头的窑子，问天星以前逛过没有。天星眼睛一闭，双手合十，嘴巴里念念有词道："罪过，罪过。"彪子鼻子一抽，凑到天星耳朵边，鬼虚鬼虚说女妖小小奶子大。吕哥瞟了一眼正在练功的果儿，一转脸说人啊人，看树上的果儿见长个头、不长肉，人比黄花廋。

日子过得好像台上变脸一样快。常语没想到自己挺过了这个冬天，多亏了女儿果儿辛苦照料。过了年，一转眼开春，家家户户贴春联。这天一早果儿起床后，先把两只脚在炉灶上踩三次。这是娘说的，迎接春天到来，放爆竹，祭灶，来年见好！吃过早饭，果儿给母亲梳头，一面听母亲嘀咕道："来年，见好……"

开春后，竟日阳光留，人们踏青走。晋南的方圆百里地，十里八乡人，好生力道，一路走来不知不觉脚板下一溜一跑，猛一抬头看，明天就是一九三二年农历三月十八，后土祠要举办盛大庙会祭祀酬神。这时候，山西、陕西、河南三省剧种：蒲剧、秦腔、河南梆子戏有名的戏班子会集中在后土祠。兰戏班提前一天进驻后土祠庙前村，先行敬香供拜圣母后土娘娘。当地人做梦也不会想到有一个名不见经传的小戏班，兰戏班混在人堆里。

这天中午吃饭的时候，吕哥想起来，问女妖小小："果儿没有来咋回事？"小小面无表情说："不知道。"

"你不是隔天去一趟果儿家，"吕哥笑了笑说，"你不知道，谁知道？"

"问班主！"小小说完扭头就走。吕哥一个箭步上去拦住她。

吕哥知道女妖小小对班主意见大得很。兰叔力推果儿，小小没戏，心里憋着一口气，刚才说话的语气和眼神中流露出来。

"今天不同于过往。"吕哥看着女妖一脸怨气说道，"今天，不是明天。"吕哥心里想，这会儿跟你小小说道说道——

"不，"女妖小小一个手势打断吕哥，"你去跟班主说！"

"哎，消消气。"吕哥将手一让，接着说道，"跟你小小说，这么说吧，眼下兰戏班小归小，还是有双花旦。小小还是有戏，不是吗？只是果儿优先。这话说白了说到根上，现在兰叔的两只眼睛就盯着兰戏班树上的果儿，他目不斜视，在人堆里没看见小小。或者说，看见你在人堆里。"

"啥意思？"

"你，琢磨琢磨。"吕哥说完，"嘿嘿"一笑转身走开。

第二天庙会正日夜场，兰戏班第一场戏准备演出，后台不见果儿人影子。听见外头放铳炮，开锣打鼓，恩儿师傅板鼓打点，兰笑生心头一紧，急得团团转。这会儿女妖小小和吕哥窃窃私语，回头盯住班主问道："果儿还没有来，咋办？"吕哥说："都急上火了！"

吕哥提醒兰叔："让小小上！"兰笑生一句话叫大家"别说了，等"！

女妖小小还在不停地叽叽歪歪。刚子咬牙切齿叫小小"闭嘴"。这时候兰笑生脸色煞白浑身抽搐，突然间眼前一黑，胃里一阵痉挛，一口黄浪水吐出来喷在地上。眼看后台火烧屋脊恐怕要出人命，这时候果儿坐马车一路狂奔已经赶到后土祠，她下车后，快跑冲刺进后土祠山门直奔品字形戏台，进后台，化装、换戏服一气呵成。这么一来，什么话都好说；先上戏《挂画》，有话回头再说……

这天晚上，有人看见雷家寡妇带儿子大宝到后土祠看戏。那孩子喜欢跑到戏台前趴在台边看戏。戏台角落边上有一个监台闷子嫌这个小孩子讨厌，一边不停做手势，拿一根细长竹竿子赶他走；一边闷声说道："你娘有钱，叫你娘买个戏班子回去！"那孩子转身喊一声："娘！"这个寡妇回道："好，娘给大宝买个戏班子回去！"

这个寡妇叫乔秀秀，有人叫她乔姐。早些时候，有人吃饱了晒太阳闲得无聊，偶尔说起晋南富商雷家一个寡妇——好像没人对这个女人感兴趣，不知道她叫什么名字、多大年纪、人长什么样子。说起晋南富商雷家，做生意的知道，不做生意的多半也知道，那是有名的晋商大户人家。雷家有三房，长房叫雷启顺。启顺经商名声在外，做生意传承他祖父和父亲，天生是一把好手。说起雷家这位大哥大掌柜，就一句话："财大命短。"老大雷启顺三十多岁去世，说是死在包头，留下女人和一个儿子大宝。

雷家大少奶奶乔秀秀有一个儿子，照规矩，只要她不改嫁，她在雷家的地位稳固，没问题。问题是，这个儿子天生体弱——大宝人长得可爱，就是生来一副病歪歪样子。别说人家，就说雷氏家族里也是嘴巴闲着，免不了说一句："这孩子，恐怕没戏。"

说起来有点奇怪，这孩子从小就喜欢跟着大人出去看戏，只要看戏台上有人演戏唱戏，他就全神贯注、一副痴迷的样子，两只眼睛闪亮，仿佛天外来神，忽然之间药到病除，脸蛋嫩红，身体好着呢，没毛病。

话是这么说，但是乔姐心里明白，该治病还得治，该吃药还得吃。只是，这医和药对大宝不管用。用去了一大笔银子不说，雷家有的是钱，没问题。问题是，乔姐对那些你来我往的郎中，再也不抱希望，认定那些狗屁郎中除了收银子开方子叫你煎药，就没有别的本事。乔姐说："那些狗屁郎中，没戏。"

一个人一旦对常识常理不抱任何希望，他或者是她，就会萌生另外一种幻觉幻想；更何况有些事情，有些事实让人深信不疑。比如说，大宝看戏胃口好，精神就好；没戏看，一夜之间就像麦地里遭受干旱的秧苗子，歪在床头起不来。这是事实，经过时间验证。乔姐实在想不出其他招，唯有一招就是带儿子出去看戏。要说隔三岔五出去看戏，好像有点过分，有点夸张。但是，只要这个宝贝儿子嘀咕一句："娘，我要看戏。"乔姐二话不说，就拉着大宝坐上马车轿车奔东奔西去看戏。

山西这个地方，戏台多得要你相信这天下方圆五洲，就数山西的古戏台最多，多到你数不清楚、你得认。先不说省城太原、各地州府，还有县城、乡镇，就说村，老话说有村就有戏台，有庙就有戏台。自个儿去看，想奔哪里看，随你。

雷家寡妇经常带儿子大宝出去看戏，混在人堆里日子长了，有人开始注意这个娘和这个宝贝儿子——戏迷。不少人不知道这个寡妇姓啥叫啥，只晓得这娘儿们有钱。让人们记忆深刻，印象最深的一回就是这年农历三月十八，后土祠庙会，后土祠品字形戏台上演戏酬神，这个寡妇带儿子大宝在此露脸，引出一段荡气回肠的故事。

这天在后土祠看戏，雷家寡妇当众说她要给儿子买个戏班子回去，有人以为那个女人是要面子，一拍脑袋说话，回头就会把说过的这句话捏成一个纸团扔到黄河里，就像一片树叶落到水里顺着水流漂走，一眨眼漂得无影无踪。

事实上，乔姐这一说并非戏言。先前，乔姐和儿子大宝看兰戏班首场演出，乔姐看好兰戏班的花旦果儿。当时乔姐心里琢磨着，等到演出结束后，去后台看看，跟那个花旦果儿见个面聊聊，跟兰戏班班主谈谈。这当口，宝贝儿子跑到戏台前趴在台沿边看戏，那个监台冲大宝说那句话，大宝回头叫一声娘，乔姐好像不假思索脱口而出。

晋南运城董平戏班的董师傅和徒弟段小七也在现场看戏，这时候董师傅听见一个女人的声音，一转脸正好与乔姐眼神交会。

这是雷家寡妇和董师傅第一次不经意间对上一眼。这会儿乔姐不看男人，看女人。乔姐看上果儿，拿台上这个女孩子跟自个儿比较，乔姐心里边自信满满。第一，这个女孩子确实漂亮，明面上没话说；但是她毕竟年纪小，还嫩了点是吧，不如乔姐有那种少妇风韵，性情优先也。乔姐今年二十六岁，同样是漂亮女人，少女漂亮对比少妇尤物，好像不是一回事儿。第二，这个女孩子，个子有点偏高；乔姐，中等身材，属于一个女人的黄金分割身段。第三，花旦在舞台上扮相靓丽抢眼，卸装后未必抢眼；乔姐素面朝天，天生丽质。回头乔姐看见台上兰戏班演出结束，那个男人和一个后生直奔后台去，这时候乔姐心里一乱一转念：今天不去后台了，明天再说。

命运这个东西，有时候就不是个东西。如果那天乔姐在人堆里没有看见那个男人，没有跟那位董师傅对上一眼，乔姐就会去后台找果儿，找兰戏班班主，没准儿当天就买下兰戏班，把戏班子带回去。这天夜里，天命注定雷家寡妇乔姐和董师傅后来的命运；也注定了果儿和整个兰戏班的命运。有人说，命运不能假设，正如历史不能假设。乔姐回到家里一夜无眠，没想到这天夜里有故事。这个故事，好像有点令人意外，没有按照乔姐原先的设想和心愿发展下去。

03 披红

　　兰戏班一号花旦，十七岁，身材高挑俊美，扮相英姿动人。果儿在后土祠高台上首次登台亮相，惊艳全场！

　　后土祠庙会正日晚上，兰戏班在品字形戏台东台演出，台下观众前排有一位特别的人物，是社家总监金爷。金爷两只眼睛一直盯着台上的花旦果儿。金府管家老魏留意老爷的表情。果儿演出《挂画》跷功，踩寸子，只见两只脚尖踮地，好像跳芭蕾舞，身姿更显轻盈，婀娜多姿的步态特显女性的柔媚感，引来观众齐声喝彩！果儿的美貌和演技让金爷痴迷沉醉，金爷情不自禁一个手势。老魏拍拍坐在边上的评委常有先生，老魏递个眼神，常有先生立马叫人把赏金捧上戏台，把红绸往台上扔！这叫"披红"。

　　有披红，就有买卖，私底下买红卖红。这回，无名小戏班兰戏班有幸获得准许进后土祠，上高台演出，兰笑生说："好比

大姑娘上花轿头一回。"本来，像兰戏班这样的小戏班，是没
有资格进后土祠上高台的。为此一搏，兰笑生撑破了胆子，硬
着头皮向万泉钱庄借款置办道具行头，打点社家。去年有一天，
董平戏班董师傅打听问询兰笑生，兰戏班是不是也有想法上高
台？当时兰笑生回话说，咱一个小戏班，穷得没边，寒碜，上
不了后土祠品字戏台。没戏，想都别想！兰笑生借来的款子全
部用在刀刃上，没钱在底下买红。兰笑生私底下跟恩儿师傅说
过一回，如果咱有钱，不会去买红。也可能会买，这个不好说。
废话，因为现在兜里没钱。兰戏班在演出之前，女妖小小向班
主打小报告，说彪子暗戳戳买两碗酒酿送给在现场的小商小贩
吃，让他们看兰戏班的戏时，在节点上喝彩，完了往台上扔红
绸。人家说"给钱"。彪子没钱。兰笑生听了，一把将彪子拽
过来，呵斥彪子，捆一个头皮，算是第一次警告，以后不准这
样！这是班主兰笑生第一次对彪子动口动手。兰笑生说："下不
为例。"果儿在台上表演《挂画》绝活儿，兰笑生在后台把边门
布帘子掀开一条缝，看一眼台下观众喝彩的场面，两只眼睛睁
大了看清楚，这是评委常有先生常爷叫人给果儿披红！兰笑生
喜出望外挠痒痒，看今天势头有理由相信："庙会结束后，笑生
可以把借的钱都还掉。"

　　果儿，在兰笑生眼里，是最有希望披红的。这回，兰笑生
之所以够胆向老黑借高利贷，把自个儿身家和整个兰戏班押上
去，最大筹码就是兰戏班的一号花旦果儿。这一把赌，天晓得。

这个事果儿被蒙在鼓里，兰戏班其他人也被蒙在鼓里，只有老恩弟兄一撮毛保密实情：这回，咱赌一把！

果儿一举披红，演出之前后台发生的事一笔抹去。果儿回到后台，女妖小小变脸快得很，端一杯茶给果儿，一面说道："果儿就是一个字，俊。赶明儿要是果儿扮男，小小扮女，咱俩上台唱一出，天下红！"刚子和吕哥各自朝果儿和小小跷一个大拇指。

这会儿在后台，老恩乐在心里，脸上一撮毛一抖一翘，可见情绪外露。老恩伸手摸了一下赏金，估摸一下数字；然后抬手捻一捻脸上的一撮毛，一转脸说道："还差点意思。"

"头一天嘛。"兰笑生摸摸头皮说道，"后土祠演戏讲究，酬金和赏金高出其他地方好几倍。不急。"

"后土祠庙会连着演三天，"老恩自言自语道，"看样子，成。"

"是。"兰笑生头一晃回道。

眼瞅着笑生坐在一边椅子上抽旱烟，嘴巴咬住旱烟杆，时而脑袋晃悠晃悠，单手手指头在茶几面上打着节拍轻声哼着曲调，老恩说道："笑生，这会儿就差一杯酒、一碟花生米。"

"是，"兰笑生微微一笑，两个手指头点点茶几面说道，"还、还差点意思，是不？"

"要不，现在叫人去给你弄一点？"老恩指指外头说。

"哎，"兰笑生抽一口烟，手一摆说，"这会儿不能喝酒，喝茶，喝茶——"

　　"好，喝茶。"恩儿师傅坐下来说道，"这回，我真的佩服你
笑生！换了我，真的不敢。""有什么不敢？"兰笑生喷一口烟
雾，说道，"人活一辈子，不就是赌一把吗？输赢先搁在一边不
说，看你敢不敢跟自己赌。"兰笑生一面说着，一边捏弄着烟
锅，两只眼睛闪亮看着一撮毛，接着说道："想当年，我跟程班
主说，笑生要离开程戏班自个儿出去拉个戏班子。程贤志不让
我走，我和程贤志扔铜钱决定，说笑生和班主赌一把；不，笑生
跟自己赌一把。后来师兄段千武死了。董平章看咱们走了，平章
也走了，他出去也拉个戏班子赌一把。这不，一晃多少年了？"

　　"罢了，过去的事情不提也罢。"一撮毛摆摆手，说道，"喝
茶，喝茶……"

04 接着看戏

这一天，对段小七来说，能让他记一辈子。这是段小七第一次走进后土祠，也是他第一次在后土祠品字形戏台看蒲剧《挂画》演出。小七记得他很小的时候，隐隐约约听父亲段千武说过皇天后土祠里那个高不可攀的品字形戏台。小七五岁那年，他父亲去世。

小七对父亲的印象像雾里看戏。小七记得自己七岁那年，大年三十外面下雪，他光着身子趴在炕上听董师傅讲过一回后土祠品字形戏台；只记得讲过一回，没有第二回。记得董师傅当时讲得也是云里雾里的，好像雾里看戏。后土祠和那个品字形戏台高台距离小七非常遥远，高不可攀。

这回走一趟不玩虚的，段小七要跟着董师傅到现场看清楚，看明白——

后土祠庙会正日，后土祠里面外面人山人海，四周火炮响声不断。有前来赶庙会做生意的，有看戏的；有的坐船来，有的骑马来，或者是坐马车轿车过来。赶会的车马都停卸在庙前村打麦场上和大路边上，一眼望去摆了几公里长。庙前村是黄河老渡口，黄河对岸陕西人过河赶庙会，坐船不用掏钱，随到随过。黄河对面的芝川、社北、社南一些村不少乡亲和庙前村十个村的乡亲都结成了亲戚，有不少人扶老携幼坐船渡过黄河来到后土祠。稷山、河津、运城、临猗等地的客商，看着，听着，就知道山西人、本地人、陕西人、河南人，大大小小的做生意的、卖货串货的、摆小摊的、吆喝做各种小吃的，有人吃软麻花、大馒头加辣子，好像这会儿，此时此刻此地，你要啥有啥。以前见过的、没见过的，小七先好奇一把，吃得热乎乎的，回头跟着董师傅走进后土祠。

祭祀开始，后土祠正殿、献殿摆满全猪全羊祭品，香厅檐下香烟缭绕，民众跪在地上密密麻麻一大片。在唢呐声中，正殿四屏门徐徐拉开，请圣母后土娘娘观看品字形戏台三台戏，十几个傧相齐声诵读：

后土恩泽，泽被万民不受饥寒；
后土福佑，佑助华夏祀延不绝。
…………

后土祠山门过厅台，东西戏台同时开始演戏酬神……

夜幕降临，在东西戏台看戏场地后半边，摆满了各家各户搬来的方桌子，一排挨着一排占了半个场子。这些方桌下面一律用铁锁链锁了桌子腿，满场子方桌连成一个整体。各家各户的大姑娘、小媳妇拿着自己绣的绣花坐垫盘腿坐在方桌上看戏，女人脱下鞋子放在地上。段小七听董师傅说女人说得有味道——

这些女人看戏目不斜视，连笑都用手绢捂着嘴，显示女人家稳重。坐方桌前排的女人要留意自己的"三寸金莲"。庙会来这里看戏的男人，有些小伙子胆子贼大，看戏的时候，趁着天黑挤到女人身边用手捏女人的小脚。有些女人害羞，不敢声张。有人偷偷拿走小脚女人鞋子，回头到男人堆里显摆。大姑娘没了鞋不能吭声，吃个哑巴亏；看完戏，让父母悄悄地背着回家。黄河边各村小伙子站着看戏，他们爱叫唤拍手吹口哨，东拥西挤围蛋蛋。哪边戏台要是正旦嗓音好、小旦长得俏，或者是武生跟斗翻得高，他们就会连喊带挤呼啦啦拥向哪一边，好像黄河涨水浪头一会儿流东、一会儿流西，年纪大的根本不敢靠近前面看戏……

这时候，人们已经拥到东边戏台观看果儿表演《挂画》，大家齐声喝彩！董师傅一转脸看向小七，下巴微微一抬，说："瞧，披红。"

段小七接口说道："这个，算啥？跟咱董师傅比，一个天，一个地。董师傅，您才是这个！"段小七朝董师傅跷大拇指，然后这个大拇指向外一跷说："在外头横看竖看，哪有我老董《单刀会》关公戏好看，啊——！好看！"

"我，啥时候说过这句话？"董师傅说。

"董师傅，"段小七眼睛一闪，压低声音说，"我想登上后土祠品字形台高台演一回，——披红。"

"红？"董师傅瞟了小七一眼，说"老子不死你红不了。"

"哎呀呀，"段小七嘴一歪，"呵呵"说道，"回头，我去后面女人堆里捏一下女人小脚，顺手捡个小鞋回来，哈。"

"胡闹，"董师傅脸一板，说道，"没个正经样，看戏。"

"看人，"段小七一转脸，一本正经说道，"我一直盯着看人家演戏，在台上演戏，眼睛都没眨过。"

"你说啥？"董师傅看着小七说，"这话里话外的，啥意思？"

"接着看戏——"段小七指指舞台上说。

"看完这场，跟我走。"董师傅说。

……

兰戏班演出结束后，段小七跟着董师傅去高台后台。段小七走进后台，与尚未卸装的果儿擦肩而过，两人眼神一碰一闪而过。小七回头又看了一眼果儿的身段，含嘴里说道："美得很。"

"笑生，恭喜后土祠演出成功，"董师傅抱拳说道，"好得很。"

兰笑生微笑，将手一让："平章，坐，喝茶。"

"头一回吧，兰戏班，"董师傅说，"不容易哦……"

董师傅一边说着，凑到兰笑生面前，压低声音，伸出三个手指头做捻钱的动作，问："这回，打点了多少？"

"不谈，不谈。"兰笑生略带苦笑，摆摆手回道。

"恐怕不少吧？"董师傅似问非问道。

兰笑生闷声不语抽旱烟，烟雾飘过脸前，这时候段小七上前叫了一声："兰叔。"

兰笑生抬头看了段小七一眼，对董师傅说："这位后生，眼熟得很，叫、叫什么名儿？"

"我叫小七，段小七。"小七回道。

兰笑生两只眼睛睁大了盯着看段小七，一边手上拿着旱烟杆在茶几上来回拨拉了几下，若有所思，好像想起什么来着。董师傅咳了一声，用手势示意小七坐下，一转脸问兰笑生："哎，那个，那个花旦女孩子今年多大年纪？"

"十七。"

兰笑生抽一口烟，问小七："你，今年多大了？"段小七稍一欠身，回道："十九。"兰笑生朝茶几下面磕磕烟灰，看着董师傅，笑了笑说道："嗯，一表人才。你董平戏班，有人啊！"……

这时候，段小七已经不在听董师傅和兰笑生说话；小七好像有心事，有点心不在焉，两只眼睛瞟移，时不时地往后台里面张望，只见果儿正坐在镜子前卸装；那面镜子里，可见段小七的两只眼睛盯着果儿看。忽然间小七心里一慌；一转眼，那面镜子里已不见段小七人影。

05 金主有请

董师傅和段小七前脚离开后台，后脚来了一位不速之客——老魏来后台找兰戏班班主。女妖小小不认识金府管家老魏，问老魏找谁。老魏手一摆："一边去。"小小一脸无趣，扭头瞪老魏一眼，冲老魏身背吐舌头啐了一口。老魏东张西望，看见兰笑生正在跟恩儿师傅说话，老魏紧走几步过去打招呼，请班主借一步说话。

老魏凑到兰笑生耳朵边叽叽咕咕说了几句，兰笑生反应好像有点迟钝，犹豫了一下，说："知道了。"老魏说："好！"说罢转身就走了。回头兰笑生找果儿说话，果儿正坐在镜子前发呆；女妖小小和吕哥背对着果儿，两人交头接耳嘀嘀咕咕说笑。兰笑生把小小和吕哥请到一边去，单独和果儿说几句。

听班主把话说完，果儿面有难色，连连摇头说："我、我不会喝酒。我不去。"

"果儿，你看，戏班不、不好得罪人。"兰笑生两只手搓来搓去说道，"这会儿去，去应酬一下，没事儿。"

果儿犹豫了一会儿，点头"嗯"了一声，紧接着说道："哎，兰叔，跟人家说清楚哦，我真的不会喝酒，我喝茶。""好好好，喝茶，喝茶。"兰笑生说着将手一让；果儿起身整理一下衣服，照一下镜子。这时候女妖小小瞟了果儿一眼，随即一转脸眼睛一瞄，盯着看果儿跟着班主走出后台。

兰笑生把果儿送到外头马车上，站着目送两辆马车离开，转身回后台。

恩儿师傅一看班主好像有心事，问了一句："咋了？笑生，又有什么为难事？"

"不是，"兰笑生回道，"就是那位金爷，叫果儿去陪酒。"

"没事吧？"

"唔嗯——"兰笑生一手搭住老恩身背，一边走着说道，"应该没事……"

晋南。荣河。这个季节，夜色静好。一路上，没有遇见别的车辆。两辆马车轿车一前一后到达金府，管家老魏从后面一辆马车下来，快步走到前面的马车边上，上前虚扶一下果儿下车。金府下人掌灯引导，老魏点头哈腰将手一让，把果儿引入金府宅院。

金府小客堂，一张紫檀木小圆桌，桌上已经摆好酒席，金爷已经在座等候。老魏引果儿进屋，将手一让，请果儿入座。

后土祠

山西运城万荣

老魏眼睛左右一瞟，眼瞅着老爷，大拇指一跷说:"戏好，美得很！"

金爷两只眼睛闪亮，瞳仁里隐蓄着只可意会的"性趣"看着果儿，微微点头，和蔼可亲微笑说道:"好嘛。"

金爷喜欢听戏、看戏，而且懂戏。说戏，金爷眼神、表情、有些小动作都是戏。这时候金爷盯着看果儿，两只眼睛传神达意，这个没话可说——

金爷搁在桌上的两只手没闲着，只见他的左手中指反向拨弄，好像是在轻轻地拨弄一尊古琴琴弦;与此同时，那只右手中指，间或轻轻地点击桌面，不经意之间将中指点在桌面上滑向右边，然后微微抬起这个手指头，优雅地抚贴桌面慢慢地滑向左边。这时候，金爷不看坐在对面的果儿，他全神贯注好像在看桌面上摆着的四碟小菜:凉拌木耳、虾酱豆腐、葱烧台蘑、清蒸鱼段。简约，干净，清爽。

这时候，果儿不敢抬头看金爷。果儿的两只手在桌面下捏来捏去，捏出一手心汗。

管家轻咳了一声，打破短暂的沉默:"老爷，金、金府藏娇啊！嘿嘿，嘿，嘿嘿……"

果儿一听，愠怒于色。金爷留意果儿脸色，一个手势制止老魏说话，一面用眼神示意老魏给果儿倒酒——

"我不会喝酒，我喝茶。"果儿怯生生说道，一手遮住面前酒杯。

"好，喝茶。"金爷一个手势，管家放下酒壶，赶紧上茶。

金爷好像不大爱说话。果儿也没啥好说的。金爷两只眼睛津津有味地看着面前紧张兮兮的果儿，手一抬，说了一句："喝茶，稍微吃一点。"

眼瞅着金爷始终面带微笑，果儿的情绪慢慢稳定下来，跟着金爷动筷子，稍微吃了一点，放下筷子。

"明天还有演出，"果儿立起身来稍一欠身说道，"我告辞了，谢谢金爷。"

"哎，"管家上前伸手一挡，一面说道，"这、这怎么行啊，菜还没上呢，老爷。"

没想到金爷看着果儿，点一下头说："好。"接着一个手势，让管家"送一下"。

管家与老爷对视一下。金爷下巴一抬，一个眼神示意老魏。

06 你老乡找你

这天夜里，彪子一个人坐在道具角落发呆。彪子是兰戏班里最不起眼、最不受待见的人。先前彪子被女妖小小一个小报告打得有点闷、有点吃瘪，好像被人打掉一颗牙齿咽到肚子里。彪子不知道谁泄露了他买两碗酒酿给人家吃，叫人家在看兰戏班戏的时候喝彩，披红。多小的事，多大的事？彪子心里的事说不出来，他没有跟别人说，也没有人要听彪子论根道古。眼下兰戏班大事告成，像彪子犯的这样的事，兰戏班里没人在意，一眨眼忘记掉。

有些人没记性，光记好的，不记差的。这天夜里是兰戏班果儿的高光时刻，却是彪子的至暗时刻。彪子在戏班打杂，跑龙套。彪子混到今天这个样子，怨不得谁，自找的苦头自己吃，没话说。只是这会儿想想兰戏班，想想自己——

彪子早些时候在晋南河津老家日子过得还行，家里有地，他父亲种自家地里庄稼，一边做点生意，家里不愁吃不愁穿。没想到彪子不学好，染上了恶习赌钱。彪子逢赌必输，输了发急要翻本；这彪子摽劲儿，越是要翻本，越是输得惨。后来，他把家里的现钱和值钱的东西输光；回头问债主借钱，又输掉。彪子趁他父亲出远门，把家里一间屋子囤的粮食全部甩卖给债主，要再赌一把。

这最后一把还是输，输到根上，还欠一笔赌债。在这之前，彪子他爸对这个儿子总算还有点耐心，有点包容。臭小子把家里现钱拿出去赌，搬家里东西拿出去当，说他也没用，骂也是白搭："老子总不见得把儿子打死吧？"

彪子他爸从来没有动手打过这个儿子，就这一个儿子。他爸对内对外就这么一说："儿子嘛，留着做种。"直到这趟出去回来，发现家里的囤粮被彪子这个孽种倒腾精光，那是备饥荒年的粮食啊！老彪子不说一句废话，操起一根棍子将这个儿子打个半死，一条腿打断了不说，拉起一脚把彪子踹到门外头，再也不认这个儿子。

彪子无家可归，也没脸待在老家，有一天流浪到省城太原，兰戏班的恩儿师傅在街上看见这个孩子饿得不行，浑身脏得不像样子，就把彪子带回戏班。兰笑生看一撮毛领回来一个小叫花子，也没话说，就对一撮毛说了一句："让他在戏班吃饭吧。"从此以后彪子留在了兰戏班，兰戏班就是他的家；兰戏班去哪里，他跟到哪里。这是三年前的事。

彪子在兰戏班里从来不说过往旧事，难得有一回跟女妖小小单独说话，彪子在小小面前嘴巴一松，说自己以前是少爷，家里还算殷实，有地有房子日子过得蛮好。女妖小小一脸鄙夷，说："这些屁话，鬼才相信！"在小小眼睛里，彪子就是一个瘸子加半个低能；还有，脑子好像有点毛病。懒得理他。

在兰戏班，彪子认定班主兰叔、恩儿师傅对自己好；还有果儿对自己好。中午吃饭的时候，果儿经常把自己的饭菜拨出一半给彪子吃。有时候果儿帮彪子洗换下来的衣服。果儿不爱说话，平日里忙着练功排戏，也没工夫跟彪子说闲话。这个彪子没话说。在过去的日子里，彪子心存念想巴望着兰戏班好；戏班好，大家才能翻身。这时候彪子心里想自己怎么翻身……

这天夜里，监台闷子走到后台口，朝里面喊一声："彪子，你老乡找你！"彪子在后台收拾整理东西，听见外面有人喊他，回应了一声"来了"，从后台走出来。老乡上前贴住彪子的脸说话。完了，拍彪子一记头皮，用力掐一把彪子的脖子。

07 你方唱罢他登场

清晨，一缕阳光照进古戏台，有人吊一声嗓子，不见人影。

早起的鸟儿有虫吃，早起的虫子被鸟吃……

这时候后土祠开始苏醒，正在苏醒，即将苏醒透彻，准备好再次迎接一股罕见的精气神！人气逐渐旺起来，今天场面正如昨天庙会正日，且有过之无不及。品字形戏台过厅台，东西两边主戏台，蒲剧、秦腔、河南梆子戏各显神通，争强斗胜，演员们使出浑身解数把现场观众推向互动如身临其境，情不自禁叫好！看东台西台对台戏打擂台，你方唱罢他登场……

观众群体，看哪边戏台戏好，有人叫好，就跟着叫唤拍手吹口哨起哄拥到哪边看。这拥来拥去哄来哄去看戏的场面，只在皇天后土祠可见。

后土祠对台戏，打头先来"东起西落"火炮戏。东边戏台率先开始，西边戏台跟进。火炮戏开戏之前，以点火炮为号，两台互相联络，双方做好演出准备。一旦戏开演，鞭炮火铳齐响，战鼓锣钹一起敲，越卖力，越叫好，越激烈，越闹猛，越过瘾！生旦净末丑相继出满一台子，行当齐全，缺一不可。

东西两边戏台中间垒着两张桌子，桌子上再放一把椅子；这椅子左右两边各放一张桌子，桌子一边再放一把椅子摆成宝塔状。等铁铳炮响后，演员上场，在锣鼓声中按本行当架势亮相；这时候没有台词，耍各自行当动作，一个接一个从一边椅子上去，上到桌子上，最后上到中间最高的两张桌子上，往椅子上一坐，好像元帅坐帐，然后再下来。生旦净末丑各有各行姿势。表演完，从下场门回下。火炮戏结束。紧接着开正戏，三插一本，一直唱到次日鸡叫……

这天上午，社家来人给兰戏班传话："兰戏班暂停演出。"兰笑生一怔，不相信自己耳朵，是不是听错了，搞错了？看社家人转身就走，兰笑生赶紧上去伸手拦住他，一脸疑惑问道："咋回事？"社家人摇头回道："不知道。"

"这合同上签好的，"兰笑生眉头一皱说，"今年庙会兰戏班连续演三天，怎么今天就暂停演出？"

"我一个传话的，咋知道怎么回事？"这个传话的人伸出两个手指头在兰笑生面前一晃，说道，"停个两天有啥事，没事。"说完拔脚拍屁股就走。兰笑生愣在那里，一时没有反应过来。

就一会儿，兰笑生缓过神来，立马去后土祠钟楼找社家。赶巧了，兰笑生来到钟楼前碰见了金府管家老魏。

"哎，笑生，"老魏招手打招呼，说，"正要找你呢，有个事要跟你说——"兰笑生一想，正好，这个事先私下问一下金府管家咋回事。先听老魏怎么说——

"……兰班主，"老魏点上一支烟，抽一口说道，"这会儿，要说的，我都说清楚了，明白了？"

"这个事，"兰笑生突然间喘气急促，缓一口气说道，"恐、恐怕不行。"

"咋不行，嗯？"

"金、金爷要娶果儿做姨太太，我戏班咋办？"

"咋了？"老魏将烟头扔到地上，看一眼钟楼，一转脸接着说道，"红了，就不听话了？"

"不，不是。"兰笑生两个手掌竖直了摆手回道，"不、不是这个意思——"

"啥意思？"

"别的都好说，都好商量。"这时候，兰笑生眼睛里显得非常惶恐、为难，看着老魏眼睛，说道，"这个事，我、我不能答应。"

"哦，是这样子啊。"金府管家微微一笑，说道，"接着演，没事，没事。"

"不是说，暂、暂停演出吗？"兰笑生这才想起来问道。

"谁说的，嗯？"老魏嘴角一撇，说道，"演啊，为啥不演？这高台演戏酬神，你不演？"

"演——"兰笑生朗声回道,"咱兰戏班遵守契约,不含糊!只是,社家那边怎么说?"

"说啥?——不用。"金府管家将手一让道,"按合同办,照规矩办就是。"说完,径直向过厅台下通道走去。看着金府管家的背影,兰笑生心里一松,就地嘘了一口气,转身望一眼钟楼赶紧回戏班张罗照常演出。刚才一场虚惊,就当一个笑话,没人当真。这时候兰笑生心里想,要不然,今天这个事咋办?兰笑生死活要找社家理论,当面把话说清楚;说不好,拼命!

兰笑生回到戏班,一眼望去戏班大伙儿聚在一块,一个个呆若木鸡。看见班主回来了,大家突然间骚动起来,七嘴八舌问:咋回事?现在怎么说?停了?歇了?是不是不演了?出什么事了?只见班主一句话不说,站在那里看看这个、瞅瞅那个,然后一屁股坐下来拿旱烟杆不紧不慢装烟丝!这时候老恩实在是憋不住,脸上一撮毛一抖一翘发话说:"笑生,说话呀!"兰笑生抬头看着一撮毛,一面不慌不忙擦火柴点烟锅,然后吸了一口烟,喷一口烟雾回道:"说啥?"

"我耳朵不聋!"一撮毛说,"刚才那会儿,我在一边听得很清楚,社家说,兰戏班暂停演出。"

"废话。"兰笑生眼睛扫一下众人,脑袋一晃说,"演!"大伙儿一听,如释重负,笼罩在心头的阴霾一扫殆尽!刚子拍拍吕哥肩膀,说:"没事吧?"吕哥说:"没事。"吕哥回头跟女妖小小对视一笑,说道:"小小有戏。"天星双手合十,嘴里念念有词道:"后土娘娘保佑,后土娘娘保佑……"

"今天,兰戏班上台演——"兰笑生磕掉烟灰,接着说道,"大本戏《忠保国》。果儿,听见没有?"

"嗯。"果儿缓过神来,点头回答道。

话音刚落,社家人又过来传话,说:"兰班主,不好意思,今天兰戏班上不了戏台。"

"为啥?"兰笑生脸色一变,问,"怎么回事?!"

"没啥,就是今天不行。"

"怎么不行?"兰笑生脸色铁青说道,"怎么想一出是一出,说变就变!不行,兰戏班今天要演——"

"演不了。"社家人两手一摊,摇摇头说,"戏台,今天都占满了,排不上,人家戏班子下不来。"说完转身就走,兰笑生跳起来上去一把拉住他;这时候刚子和吕哥对视一下,两人一起上去挡住社家人走道。兰笑生放开手,问:"今天,真的不行吗?"

"真不行。"

"啥时候行?"刚子问道。

"明天。"社家人说。

"你说了算?"吕哥问道。

"算。"

"你说啥时候演?"兰笑生盯着社家人的眼睛,问道。

"明天。"社家人回道。

社家人走后，兰笑生抽旱烟，想来想去心里不踏实，站起来走了几步，说："我去一趟金府。"恩儿师傅问："这会儿，你去金府干啥？"兰笑生一转脸看着一撮毛眼睛，嘴巴嚅动了两下，欲言又止，看了看外面的天，自言自语道："明天再说。"

"今天，不是明天。"吕哥说。

兰笑生看了吕哥一眼，说："今天，不是今天。"

08 梦回当下

这是兰戏班最难受最煎熬的一天。这天夜里，果儿睡在地铺上翻来翻去，心里想着明天的戏，想着母亲……

"果儿，你不想睡觉啊！"女妖小小睡在果儿边上说道。

"想——"果儿翻身面对小小说，"我娘，一个人在家里。"

"就一两天，有啥事。"女妖小小躺平说道。

"不是，"果儿一个深呼吸说，"我娘的情况——"

"果儿！"女妖小小一个身翻过来打断果儿，说道，"你别说哦。"

"说啥？"

"没人知道我，我没有去你家帮忙。"小小提醒道。

"嗯，"果儿回道，"没说。不会说。"

这天半夜里，果儿惶兮惑兮做了一个梦：那天，后土祠庙会第三天，兰戏班在台上演出，是果儿的妈妈常语；不，是果儿在兴奋、紧张、慌乱中，鬼知道怎么回事？她穿错戏服上台……

梦回当下，这不是梦：这时候班主站在后台边门内，突然发现不对头，急忙以眼神和小动作提醒！这时，为时已晚。兰笑生眼睛从台上扫到台下，只见座儿前排中间位置，常有先生把茶碗往桌面上一磕，朝台上喊一声："错了！——揭席！"

话音刚落，监台闷子上去一把掀掉恩儿师傅打的板鼓，那个板鼓"咕通"一声落在地上滚到一边去。恩儿师傅一惊一愣"啪"站立起来，顿时红了脸，脸上一撮毛不停地一抖一翘！这突如其来的台下一喊、台上一掀，整个场子瞬间安静得好像现场每一个人都屏住一口气、憋着一泡尿，睁大眼睛等待神仙降临。眼下，乌压压一片人，巨大的安静罩在头上，压住现场的一切杂言碎语。

一撮毛下不了台。就一会儿，人们听见台上一撮毛开口说话，那个声音开始并不响亮，但是足以贯通全场——

"你，胡闹啥？"一撮毛两只眼睛直逼监台闷子，声音冷静至极，一字一板说道，"错——我今天，哪里打错了？"一撮毛稍微停顿一下，接着说道："不讲清楚，没完！"接下来一撮毛的声音逐级放大，说道："我，打了二十几年板鼓，没有错过一回！我，今天哪里打错了？"

这时候常有先生站立起来，指到戏台上，说："娘娘的衣服，错了。本戏《忠保国》正宫娘娘，没有穿黄袍，错！"

监台闷子一转脸，随即点头哈腰赔笑对恩儿师傅说道："我，耳背，在台上听岔嘞！"

台上台下呼啦松一口气，有人开始起哄哄笑，好像天上突然掉下一把开心果子……

"按规矩罚！"常有先生，常爷突然爆出的声音压住全场："罚钱！台上犯错者，绑起来吊在后土祠钟楼上！"现场人们还没反应过来，突然间听见后土祠钟楼敲响了钟声！兰笑生浑身一抖，这是社家号令叫停戏班演出！只见监台闷子蹿到果儿身边，把吓得不知所措的果儿一把拉下舞台。

"慢！"兰笑生急忙跳下舞台，疾步走到果儿身边，一边护着果儿，一面对常有先生说道："常、常爷，罚、罚我。"

全场都听见了兰戏班班主的声音，安静再一次笼罩现场。这时候刚子、吕哥、天星、女妖小小从台上下来；小小当众责骂果儿；天星对果儿拳打脚踢；段小七和董师傅在现场人堆里，小七忍不住站出来劝阻，董师傅一把拉住小七衣袖，低声说道："你别管，也不能管，这是规矩。"刚子上前一把拉开天星，一面叫小小"闭嘴！"这会儿果儿吓得脸色煞白急促喘气，上气不接下气扑通跪在地上，双手合十求常爷，伏地磕头，说道——

"我、我错，我错。求、求、求求常先生常爷，饶我一回，饶我一回。"

常有清了一下喉咙，环视四周，然后看着跪在地上的果儿，说道："你要知道，这是规矩。饶你，别人咋办？你，这是对后土娘娘大不敬！亵—渎—神—灵！"常有嘴巴嚅动着抬头看天，俯首看地，咳了一声，接着说道："这里是后土祠，祭祀酬神圣地。今天，你求我网开一面？求我没用。这个事，没商量。罚，绑——""常爷，你罚我，绑我。"兰笑生一把拉住常有，说道。

常有掏出手帕抽一下鼻子，眼睛一斜看着兰笑生，轻轻咳嗽几声，说道："你替她受罚？——好，那就加倍罚你！"

"罚她！"女妖小小指着果儿，说道。

监台立马招呼人过来绑果儿，兰笑生用身体挡住果儿，对监台说："我是班主。"

监台看常爷点头，叫人把兰笑生绑起来吊在后土祠钟楼上。

09 现场感就是现场感

段小七听董师傅说:"在后土祠庙会上,其实最引人注目的就数那些戏剧评委,他们是各社一些能说会道、有身份、有学问、懂戏剧的专家,专门爱挑戏班的刺儿,班主最怕他们。他们要说你这一句唱得不对,或者是你穿错了戏装,这是对后土娘娘不恭敬,立马就有人上台揭席、翻板、让戏停演。"

"这些评委,他们动动嘴皮子,不亲自动手。上台要耍麻缠的是另外一拨人,他们是后土祠庙会上的监台。这伙人在后土祠庙会上有双重任务:一是监台,二是绞辘轳打水。后土祠里有一眼水泉很旺的水井,整天整夜不停绞,不断水。每逢庙会时,社家就从各村抽调二三十个青年后生,专门打水供庙会上做买卖吃的人和戏班用水。这些监台打水的,他们大多数都是'二杆子'脾气,在村里边没人敢惹。他们爱在人前耍人,整个庙会用水都由他们来卖。这是一笔可观的收入。对这些人来说，最大的吸引力还是当监台，轮换着站在后土祠东西两个戏台的四个角角维持秩序，一边看着台上的旦角眉来眼去……"

"好差事。"段小七调侃道，"赶明儿小七不演戏了，就到这里来当监台。"

董师傅接着说："演戏点的是铁灯，添的是青油；监台的人要不停地拨弄灯捻子，不停地给铁灯添油。台上的演员很是巴结讨好他们，给他们抽烟、喝好茶，怕的就是他们找麻烦。这万一不慎演错了戏，好让他们手下留情。有些监台站在台角边，一手点着纸烟抽着，一边端把茶壶得意得很，美得很，觉得他们比当名角风光，比当本地县长还体面——"

"体面个屁，"段小七一脚踢开一粒石子说，"专门上台耍麻缠的，耍横，欺负人。"

"你不是要当监台吗？"董师傅瞥了小七一眼，说道。

"是啊，"段小七回道，"我当监台，立马把兰戏班班主从那个钟楼上放下来！我，现在就去——"

"哎，你别管，也不能管。"董师傅伸手拦住小七说。

"不能管？"

"这是规矩。"

"切，什么破规矩。"段小七看着董师傅眼睛说。

"以儆效尤。"董师傅手指头点点说道。

"不懂。"段小七眼睛一闪，瞟了一眼戏台说道，"人，有点错算啥？改，不就行了。戏好就行。这后土祠庙会演戏酬神，哪来这么多狗屁规矩。"

"别乱说，"董师傅瞪小七一眼，说"你懂啥？吃饭去。"

这时候，果儿、刚子和恩儿师傅来到钟楼给班主送饭送水，监台闷子挡住果儿，眼睛一横说道："吃饭？——不行！"

"……那、那就让班主，喝、喝一口水。"果儿求着说道。

"不行，不准！"监台闷子说着，一个手势回绝。

"为啥不行？"刚子问。

"规矩。"

"让开，"刚子将手一让，说"不然，老子把你扔到黄河里！"

"哈，"监台闷子冷笑一声说道，"在后土圣母娘娘面前，你吃饱了敢碰我？——找死！"

"笑生！……"恩儿师傅喃喃自语，大口喘气，止不住一阵剧烈咳嗽连连摇头。

"班主，班主……"

果儿一边喊着班主，手捂住嘴巴；眼瞅着兰叔吊在钟楼上汗流满面，果儿泪流满面……

这天下午晚些时候，常有先生拄着手杖走过来，看见钟楼前这一幕，一声叹息，摇摇头。

"常爷……"

果儿再一次跪在常有先生面前，求常先生常爷把班主兰笑生放下来，放过兰戏班，放过果儿。

"唉，你起来，起来说话。"常有先生手一抬，说道，"今天这个事，求我没用，我说了不算。"

"常爷——"

常爷手往下一压打断果儿，咳了几声，说道："我已经说过了。这个事，我说了不算。你们，还是去找金府吧。"

这天晚上，果儿、刚子、吕哥三人赶一辆马车来到金府敲门求见金爷。没想到金府没开门。

第二天，果儿一个人再去金府敲门求见金爷，在金府门外等到太阳落山，等到天黑，一直等到熄灯睡觉的时辰，金府管家老魏总算出面，把果儿带入老爷厢房，跟果儿单独说话……

"求、求求管家，求求金爷……"

果儿苦苦哀求道，老魏只当没听见，假兮兮犯困打哈欠，一面说道："这个事，不好办。规矩就是规矩。"

"我，我求魏爷，求金爷……"果儿跪下磕头求道。

"说啥，"老魏手一压打断果儿，说道，"有话明天说。"

老魏揉揉自己两个眼角，好像也懒得再跟果儿费口舌，这会儿一个眼神递给果儿。果儿，你不明白是吧？好，这么说，老魏就一句话——

"要不，今天留下来，明天再说？"

……

10 生死之间

"要出人命了!"监台闷子对常爷说。

"把人放下来,"常爷看了一眼吊在钟楼上的兰笑生,对监台闷子说,"叫人抬出去。"

"是。"闷子应声,赶紧招呼人过来放人。

兰戏班出事,一夜之间社死。班主兰笑生被绑起来吊在后土祠钟楼上三天,放下来剩一口气。兰戏班的债主带人把兰戏班的人堵在后土祠里。社家请常爷出面说话;常爷拿手杖指到在场的人,叫他们出去! 这里是后土祠,不能在后土祠闹事!

监台闷子叫兰戏班的吕哥、刚子赶紧把人抬出去。刚子朝监台闷子面前地上啐了一口:"你妈的,不是人!"

刚子、吕哥两人把班主抬出后土祠,放在马车上。刚子上车赶车,回头看了一眼后土祠山门。果儿看着这一幕,想起自己小时候看见两个男人一副担架把她母亲抬回到家里……

　　这天下午晚些时候，果儿、刚子、吕哥把班主兰笑生送回家里。刚子和吕哥把兰笑生抬到炕上，三人一齐俯身急切地喊班主兰叔！这时候兰笑生躺在炕上，已经不能说话，面如死灰；偶尔看见他身体微微颤动一下，不见他喘气睁开眼睛。屋里昏暗，刚子划火柴点亮炕头一盏小油灯；油灯一跳一晃，眼看油尽灯枯。果儿叫吕哥赶紧去请郎中！吕哥说没有钱怎么去请郎中。刚子说先去请了再说，说完立马跑了出去。

　　本地小有名气的郎中倪云道，听刚子说了情况，一口谢绝，说他坐堂，不出诊。理由是没有理由。你过来请郎中出诊，你不给出诊费，就是你没有理由、没有道理。刚子火气上来，不跟倪云道说什么废话，一把将倪云道从椅子上拉起来，说："现在急，救人要紧！你去了再说，要不然今天你别想吃饭睡觉！"

　　倪云道看着眼前这个愣头青，心里掂量着今天碰上了硬茬，这家伙不是一个好打发的乡下人，只好点头答应立马跟刚子走。两人急忙赶过去。倪运道进屋，一看兰笑生症状，心里已经明白没治了。但是样子还是要做一下的。倪云道一句话不说，板着脸坐下来先给兰笑生诊脉，完了，起身说道："给他多喝水，好好休息。如果明天他可以吃东西，就没事了。如果还是这个样子，就不好说了。"说完，倪云道告辞。刚子一把拉住倪云道，说："先生不用开方子抓药？"倪云道面无表情回道："你没钱怎么抓药。"说罢转身就走。刚子看着倪云道的背影，说："明天再来请先生！"倪云道头也不回，说道："老天爷今天有办法，不用等到明天。明天的事明天再说。"

果儿、刚子、吕哥守在班主身边,吕哥小声问果儿:"这回咋回事?后土祠庙会,戏班提前一天进驻庙前村,那天你为啥没有跟戏班一起去后土祠敬香供拜后土娘娘?"果儿咬住嘴唇,不说话。吕哥接着说道,"你,得罪神了。如此因果,因与果生。"

刚子问果儿:"那天演《忠保国》怎么搞的?你怎么昏了头,穿错娘娘戏服!宁穿破,不穿错。知道不?""嗯。"果儿这会儿缓过神来点头回道。眼瞅着果儿两只眼睛眼泪汪汪,吕哥摇了摇头,长叹一口气,说:"神灵降罪。果儿,你害人啊,也把自己害了。"

"我错,是我错。班主,兰叔……"果儿两只手捂住嘴巴,哭泣闷在嘴里,闷在肺里抽心挩肺,突然眼前一黑晕倒在地上。没想到这时候债主破门而入,上来一把逮住果儿,拉了就想走。刚子立马拦住,厉声问道:"干啥?!"

"还钱。"债主说。

"说啥?"刚子上前一步看着债主的眼睛说,"还啥钱?"

"问你们班主。"债主手指兰笑生,冷笑一声说道,"先前在后土祠里,已经说过了。问你们班主。"

"去你妈的!"

刚子一边骂着,合着吕哥一起把债主赶出去,关上门。

屋里,寂静中听见果儿轻轻的抽泣声。突然间,听见兰笑生咳了一声，说："我，我……"

果儿赶紧拿一碗水端给班主，让班主喝一口。这时候，兰笑生一口气噎住昏死过去。

果儿、刚子、吕哥三人一阵忙乱，六神无主不知所措。吕哥叫刚子，刚子问吕哥咋办。果儿一边哭泣，一边喊："兰叔……"

"果儿，"兰笑生微弱一声叫唤好像天外来音，"在后土祠唱戏，戏，可以不叫好，但不能错。"

"班主，兰叔……"果儿跪在兰笑生身边，泣不成声，"都说，说后土娘娘仁慈。仁慈圣母，我犯错了。一个错，我对不起兰叔，对不起兰戏班……"

"果儿——"

兰笑生好像在呼吸最后一口气，说道："今天，不是今天。"

……

女妖小小、天星死活不让果儿参加班主葬礼。果儿近乎精神崩溃了。班主出殡那天，彪子神色不对，眼睛老是躲闪。兰戏班没人注意彪子。果儿最后一头栽倒在班主兰笑生坟头上。这天，段小七和董师傅前来参加兰笑生葬礼。小七和恩儿师傅把果儿从坟头上扶起来。葬礼结束后，兰戏班人先回到戏班住地。

吕哥进屋一脚踢开板凳，两只眼睛通红满屋子乱转，抄手将道具行头、锣鼓家什一股脑儿扔到院子外头。一撮毛闷声不响拿了兰笑生的遗物旱烟杆，收拾自己的东西。

女妖小小说："完了，兰戏班死掉了。果儿该死！"这会儿，天星坐在地上双目紧闭，双手合十默然无语，突然间他跳起来走到墙角抄起一根棍子，转身过来朝果儿后脑勺打过去，嘴里说道："打死你这个祸害！"刚子上前一把挡住棍子，说："你疯了！"

各自卷铺盖走人。

女妖小小临走前，朝果儿身上吐一口唾沫。

在过去的几天里，对果儿来说，好像天要塌下来。事实上，果儿头上的天已经塌下来，乱石碎砖把果儿砸得头破血流，横七竖八硬邦邦的东西把少女果儿几乎压扁、压死。

这天傍晚，果儿两眼无光精神恍惚，拖着疲惫不堪的脚步回到自己家里，好像一头跌进冰窟。果儿跌跌撞撞扑到母亲床边，一阵心绞痛，喊一声"娘"，欲哭无泪……

这时候，果儿的母亲常语已在弥留之际。其实，在兰戏班提前一天进驻后土祠庙前村那天，果儿的母亲病危，果儿守在母亲身边，没有跟戏班一同前往后土祠先行敬香供拜后土娘娘。果儿没有跟别人说，后来有一次想跟女妖小小说一下，终究还是没说。

常语，果儿唯一的亲人，果儿的母亲，在生命走向尽头时，终于看到了自己的女儿。这时候，常语两只眼睛混沌，口齿含糊地对女儿说道："你爹，来、来接、接我了。"

"娘，娘，"这时候果儿喊娘，已经声音沙哑。

"都、都说他，他演关公，可真、真嘞。"

"娘……"

"果儿，你，有个哥哥，刀、刀疤——"常语嘴唇嚅动，一面说着，好像是最后的清醒，抬起手，指指自己脖子下面，随即陷入昏迷。果儿一阵眩晕扑在母亲身上昏过去。这时候债主带两个手下一脚踢开门闯进屋里，债主从水缸里舀一盆冷水泼在果儿脸上，将果儿泼醒。果儿喃喃自语道：

"我错，一个错……你，你们干啥？"

"还钱。"

"还钱，还啥钱？"

债主眉头一皱，手一指，说道："拿下！"

"凭啥拿我，凭啥？"果儿使劲挣扎，一边说道。

"绑起来。"债主冷笑一声，手一挥说，"带走！"

果儿声嘶力竭喊母亲，拼命挣扎着回头看她母亲，这时候果儿喊"娘"的声音，像一把锋利的尖刀刺向黑夜。

接下来一天，段小七吃饱了没事，一路转悠，半路上想起来顺路到晋南老街看看，没想到碰见恩儿师傅。老恩也是没想到今天董平戏班段小七一个人过来，帮他料理果儿母亲的后事。小七听恩儿师傅说了情况，一怔，说他不知道果儿的母亲去世了。今天只是闲着走过来看看，碰巧撞上。

恩儿师傅买了一口薄皮棺材。小七帮着恩儿师傅办事，一

后土祠品字形戏台

山西运城万荣后土祠，是前荣河后土祠。

后土祠，最早是在汉武帝时期建成，历史上因黄河泛滥，搬迁了三次。

现在的地理位置，是 1870 年清朝同治九年修建的。

万荣，是原来的万泉县和荣河县合并后的地名。

万荣，在山西省西南边，运城西北部。

万荣东与闻喜县、盐湖区毗连，南与临猗接壤，北与稷山县、河津为邻，西隔黄河与陕西省韩城相望。

万荣境内孤峰、稷王两山遥望，黄河、汾河在这里交汇。

这里是中国戏曲摇篮。蒲剧，是百戏之祖。

后土祠，历史上是皇家祭祀酬神圣地。

神圣的殿堂级后土祠品字形戏台，犹如当时中国最高戏剧舞台。

起埋葬了果儿的母亲。小七掏出三块大洋塞到恩儿师傅手里，老恩一手又回放到小七手上。"别，"小七把钱塞进恩儿师傅衣服兜里，一手摁住恩儿师傅的手，说道，"收。再推，见外了。"

"这个，我不能收。"恩儿师傅掰开小七的手，一面说道，"这是兰戏班的事……"说着，又把钱硬给到段小七手上。

"呀，"段小七看着老恩的眼睛，突然惊讶道，"恩儿师傅，脸上咋回事？一撮毛，没啦！"

恩儿师傅一听，伸手摸自个儿脸，三个手指捻了捻一撮毛，瞪了小七一眼，顺手揾小七一个头皮。小七一手摸摸自己头皮，另一只手飞快把三块大洋落进恩儿师傅衣兜里，老恩没察觉。随即两人离开坟堆坡地往回走，一边走着说话：

"恩儿师傅，听说果儿的娘病了好多年了，不大能说话，一直瘫痪在床上？"

"嗯。"

"家里没人照顾？"段小七停下脚步，看着恩儿师傅，问道。

"就果儿一个人照顾。"恩儿师傅说。

小七问："她爹呢？"

恩儿师傅一愣，想了想，回道："不、不知道。"

小七问："兰戏班出去演戏，咋办？"

恩儿师傅叹一口气，说："有啥办法。"

"恩儿师傅，"段小七好像突然之间想起来，说道，"还有一件事，我听董师傅说，兰叔欠了人家一笔债是吧，咋回事？"

"这个，说来话长……"

不问不知道。老恩说了，小七回道："小七明白。"段小七和老恩告辞后，就近寻一家店，要了一碗羊杂汤、一个大馒头夹辣子，一个人坐下来慢慢吃。挨到天黑，小七动身火急火燎直奔老恩说的那个债主家。段小七小试轻功爬树翻墙跳进这座老宅院，贴墙行走，听见屋里有人在喝酒说话：

"你说，一个女孩子，拿什么还钱？"

"卖给窑子。"

"回头老魏知道了，怎么说？"

"你说呢？"

"要不，明天送到金府去，给金爷——"

"不急，我得琢磨琢磨，怎么交易。"

段小七摸黑寻到后院，听见柴房里有动静，贴住窗口缝隙往里边一看，随即撬开窗户一跃跳进去，定神一看，是果儿！果儿睁大眼睛惊讶地看着段小七。小七手指头贴在嘴唇上"嘘"了一声，立马上去解开果儿身上的绳索。"我是董平戏班段小七，"小七压低声音说道，"跟我走，快走！"段小七拉住果儿的手，两人快闪，蹑手蹑脚寻摸老宅门道，逃出黑灯瞎火的债主家。两人到了外面，段小七叫果儿"快逃，跑得越远越好！""不，"果儿摇头说，"我，我要回去——"

"不行，你不能回去！"段小七握紧果儿的手，说，"果儿，你娘去世了。后事，我们替你办了。"

果儿一听，瞬间失控。段小七抱住果儿一把捂住她嘴巴，说道："走，快走——！"

段小七说着，一把推果儿赶紧跑！果儿转身，双手捂住嘴巴哭泣，看着段小七的眼睛，摆一下手与他告别。

〃 就是这个意思嘛

坏消息传得快。在过去的几天里，乔姐听说，兰戏班班主
兰笑生死了，兰戏班花旦果儿跑了，不知道她跑哪里去了。那
个债主把兰戏班的年轻人全部扣押送到煤窑挖煤抵债，除了一
个病倒在床上的老恩，一撮毛不值钱，没人要。

大人说的事传到小孩子耳朵里，没人在意。乔姐原来要买
个戏班子，想买兰戏班没买成。乔姐留个心眼儿看自己儿子大
宝，这些天每天早上歪在床头，脑袋耷拉着萎靡不振，东西也
不想吃，随你怎么说怎么哄，就一个样子窝在床上两手抱着枕
头耗时间；时而瞟一眼墙上贴的关公画像，抽一下鼻子，算是
有点动静，一转眼还是那个无精打采、有气无力的样子。

乔姐心疼这个儿子。大宝是独苗，是雷家长房的种，是乔
姐性命攸关的命。乔姐的男人雷启顺去世后，大少奶奶乔姐在
雷家的地位，之所以不可撼动，就是因为乔姐有这个儿子大宝。

眼下，大少奶奶乔姐掌控整个雷家，大事小事一把抓，说一不二。于内管家、账房、下人，于外总号大掌柜、分号店铺掌柜、长随等诸多用人，一律听命于大少奶奶乔姐。雷家上下，没有人敢碰大少奶奶乔姐的一把椅子，更没有人敢篡夺大少奶奶的实权。这不是开玩笑的，雷家除了长房有一个大宝带把的，其他两房都是带花的，隔年多生一个女儿添口，没戏。在雷家，大少奶奶站直了说话，腰杆子硬，底气全来自儿子大宝。

乔姐心里边想过男人吗？你说呢？夜深人静时，乔姐时常夜不能寐。自从那天在后土祠品字形戏台看戏的时候，乔姐和那个男人对了一眼，回来后就有点恍兮惚兮魂不守舍，脑子里老想着那个男人，眼前老是有一个男人在晃晃悠悠。那个男人身段很好，人挺拔，眼睛倍儿精神！有一闪念，乔姐觉着那个男人好像关公再现，关神下凡！

雷家人自然会特别留意雷家大少奶奶的一举一动。现在乔姐给人的感觉，雷家上上下下私底下议论，话题多半是少爷大宝的身体状况：大宝让大少奶奶费劲费神；大少奶奶一天到晚为这个宝贝儿子操碎心思！这时候雷家大院恐怕没人会联想到一个寡妇、一个女人也有人本需求。大少奶奶乔姐，夜里脱了衣服躺在床上要么抱着枕头睡，要么搂着一个病恹恹的儿子睡，这叫什么事？

想多了，乔姐有时候自己也觉得有点害臊，一阵脸红提起精神来对付儿子大宝。不管怎么说，男人是性，儿子大宝是命。

人间百姓所谓性命攸关，性于之前，命在后者。孰轻孰重，以乔姐的智慧自有掂量和分寸，要不然，那个命就是半条命。对于乔姐来说，大宝是她全部的身家性命。

这会儿，大宝歪在床头，瞭了一眼墙头上贴的关公像，含嘴里嘀咕道："娘，我要看关公戏。"

乔姐恍然领悟，立马回道："好，起来！走！"

大宝一听，一骨碌从床上爬起来，接下来一顿操作猛如虎，只见大宝很快吃好早饭，换好衣裳，屁颠颠地跟着娘出去看戏。

这回，乔姐心血来潮，带儿子和一个丫头小倩，三人坐上马车轿车去潞安府看戏。乔姐说她喜欢"长治"二字。丫头看了少爷大宝一眼，回应道："小倩明白。"大少奶奶接着说几句，给儿子大宝听——

"现在去的地方长治，潞安府，在晋东南，是山西、河北、河南三个省交界的地方，古代称上党。长治城里庙道街上，有一个很大的城隍庙，里边有个大戏台，戏台四面可以看戏……"

大宝听了，两只眼睛闪亮，忽闪忽闪的。母子俩说戏，不约而同今天想看关公戏。赶到潞安府城隍庙，赶巧了，这时候董平戏班董师傅正好在台上，演《关公与貂蝉》……

貂蝉（唱词）：他为何拒针线对我嗔怨？

莫非为昔日事嫌弃貂蝉？

望将军自惭形秽羞难相伴，

　　　　　　叹貂蝉陷污池柳败花残，

　　　　　　羞对那污泥不染出水莲。

　　关公（念白）：不！

　　　　（唱）：说什么耻对莲花污泥不染，

　　　　　　你本是芙蓉出水迎风斗雨，

　　　　　　不是青莲胜似青莲（有动作架势）

　　貂蝉（念白）：将——军——！

　　这戏台上，这个时候演这一出，恰似无心似有情，情满楼！董师傅与寡妇乔姐，两人台上台下眼神交会。这是乔姐和董师傅第二次对上眼，乔姐怦然心动！她两只晶莹透亮的眼睛死死盯着台上的关公，好像要把台上这位关爷、这尊关神、这个男人印刻在自己眼睛里，立马闭上眼睛，他跑不了了。开玩笑，儿子大宝床头墙上贴的关公像，那是墙面上的神像，而眼前戏台上这位关公，这个男人，神采绝伦，生动、鲜活令人难忘！乔姐在此一瞬间忘乎所以，遂以眼波传达："眼波才动被人猜，一面风情深有韵。"

　　乔姐回到家里，不，乔姐在回家的路上，心里边就已经想好了，买董平戏班。这个事，还用商量？跟谁商量？雷家二房三房串联联合反对，有什么用？这时候大少奶奶稳坐自家客厅首席，含笑面对雷家二房三房男人和女人唧唧喳喳叽叽歪歪，乔姐随手将茶碗往桌面上一磕，眼风一扫，说道：

"叽叽歪歪啥？——你们，说啥？"乔姐悠悠然端起茶碗，拿盖子刮一下茶叶，抬头接着说道，

"这个事，我说了算。好像还轮不到你们几个跑过来说三道四。"乔姐把茶碗放回桌面上，一边说道："回去，回去喝茶，这会儿别来烦我。买戏班的事，是我家里的事。"

"这、这算咋回事？"二爷雷启先两手一摊，对三房说。

"咋办，"三爷雷启后端起茶碗喝一口茶，回道，"大少奶奶说了算呗。"

二爷说："老三，喝什么茶，走吧。"

"好，"乔姐手一抬说道，"不送哈。"

大少奶奶要买戏班子，这个事现在不用大少奶奶抛头露面亲自对接人家戏班。第二天一早，大少奶奶派人去运城董平戏班传话，给个说法就是。意思到了，就是这个意思嘛。

当天下午晚些时候，办差的老哈回来向大少奶奶回话，说"董平戏班董师傅蛮热亲"。乔姐问："成不成？"老哈回话说："成。好事儿，巴不得！董师傅好像有点迫不及待哈。"

乔姐一听，心头一热！这会儿乔姐心情自然不会显在脸上，要不然让人猜想多多，回头吃饱了无聊，私底下有闲话话题，弄得满世界知道，添油加醋胡说八道。

这会儿，不知道雷家上上下下、里里外外是谁说了一嘴，且说大少奶奶先前是想买兰笑生的兰戏班。后土祠庙会那天，大少奶奶还想着，要找那个戏班花旦果儿，跟班主当面谈。雷

家管家明叔当着二爷和三爷的面，传话说这个事。二爷雷启先心里很不高兴，面上好奇，追着问咋回事。三爷雷启后听着，一脸诧异，嘀咕说道今儿要买个戏班子，这么大的事，大少奶奶不亲自找人家谈？……

丫头小倩把二房、三房的话传到大少奶奶耳朵里，乔姐听了，只当早上起来弄点青盐擦一下牙口，接过丫头递上的一杯清水，漱一下口，忽咯一口吐在接水盆里。

人间有些事，不需要解释，更不需要编个什么故事。大少奶奶乔姐心里明白得很，自当自重自处，废话少说，言多误事坏事，人家就不把你当回事了。对外，乔姐有言在先——

"买个戏班回来自家看戏方便。雷家大院子那么多人，白天黑夜刮风下雨下雪，咱用不着出门，关起门来在自个儿家里看戏，美得很。还说啥，还想说啥？"

"娘，我要看戏。"大宝说。

这个大宝，天生就是外面戏班的铁粉，是任何一个戏班可遇而不可求的座儿。大宝会听戏，会看戏。大宝不爱说话。乔姐对别人说："天下最可贵的，是听你说话、听你唱戏的耳朵。"

雷家三爷说，这娘儿俩，戏迷！你得服，要不然你一边去。大宝从来不搭理什么二叔三叔，还有二叔三叔家的那几个带花的。带把的大宝平时瞟你一眼，就已经够可以了，还想咋地？大宝连一句话都不想跟你说，你还指望他跟你说戏？门儿都没有。雷家大宝金口台词，就一句："娘，我要看戏。"

这天晚上，董平戏班董师傅跟自己徒弟段小七说了半天，解释了半天，绕了一个大圈子，费了老大口舌，完了还没捞到小七的"理解"二字。

"小七，今天我跟你说得够清楚了。你怎么还不明白！"董师傅说。

"明白啥？"段小七说。

"你是我唯一的徒弟，"董师傅有点失去耐心地说道，"以后，戏班是要交到你手上的。戏班好了，你才能好。你怎么就是不懂！"

"不懂。"小七摇头回道。

"没钱，你只能在原地打转转。"董师傅说完，站起来在段小七面前走来走去；一会儿又坐下来，看着小七的眼睛。

"有钱，又咋样？"段小七坐着不动，看着董师傅说道。这会儿董师傅好像已经无话可说，心里想自己说那么多话，多辛苦！还不如老子在外头台上唱戏，你只管唱，下面听不听、看不看，老子管不着！但是今天面对自己的徒弟段小七，董师傅不能拿在舞台上唱戏比。段小七这小子一根筋，不管董师傅怎么说，什么理由啊、好处啊、现实啊，在小七看来，这些说辞多半是虚文，不在板鼓点上。其实说白了就一句话，最多两句话——

"我知道师傅的意思。"小七看着董师傅的眼睛说，"我就是不想让一个寡妇来当家，来指手画脚。"完了，多加一句："再说，用人家寡妇的钱，丢人！"

好了，话说到这个份上，董师傅要利用寡妇钱财打造一流董平戏班，段小七心里不愿意让寡妇乔姐收购本戏班做老板：师徒两人尿不到一个壶里。男人撒尿，可以随鸟转悠，恐怕不好就地随一个尿壶转悠吧？段小七一副撒尿不对尿壶的样子，董师傅没戏。董师傅脸色大变，好像在舞台上扮演关公，最后使出青龙偃月刀，将刀口架在段小七脖子上！这把刀是真家伙。

这一招，对别人还行，对段小七，就差点意思。小七不吃董师傅这一套；有话好好说，提一个条件，谈个说法也行。比如说，小七想上台演关公，董师傅不准，拿长辈身份压制人，取关公大刀吓唬人，没用，没戏。小七心里边想啥？"你要啥？"董师傅心里非常清楚。但是，这时候董师傅不会答应小七提出的条件："小七，你想都别想！"

好吧，走人。段小七一个人直接去雷家找乔姐说话，表明自己态度，就算是跟戏班老板当面辞工。

第二天上午，段小七一脚踏进雷家客厅说明来意，乔姐立马请小七留步！上茶，坐下来喝一碗茶，再走不迟。既然董平戏班段小七今天过来如此直言相告，乔姐当以兄弟看待。乔姐将手一让，略一沉吟，开口说道：

"小七兄弟，你今天来，你也看见了。你看，我儿子大宝，体弱、病歪歪的样子。"

"看郎中啊，服药啊。"段小七不假思索说道。

"这个，我知道。"乔姐微笑道，"对我儿子大宝，没用。"

"是吗，不会吧。"段小七不以为然。

"小七，"乔姐接口道，"今天，姐不瞒你，我出钱买一个戏班子，我要用自家戏班演戏酬神——"

"酬神？"段小七一脸疑惑，看着乔姐的眼睛。

"是。"乔姐回道。

"哈，戏言。"段小七说罢，微微一笑。

"不。"乔姐以不容置疑的语气说。

"为啥？"小七感觉费解，问道。

"你以为，为啥？"乔姐看着小七的眼睛反问道。

"有钱，显摆。"段小七两手一摊说。

"错。"乔姐说。

"为啥？"段小七睁大眼睛看着乔姐，重复问道，"为啥？"

"这么说，"乔姐看着段小七的眼睛说，"我男人去世后，我就靠有一个儿子大宝。没有大宝，我就啥也没有，啥也不是。就是这个意思嘛。"

"不明白。直说吧，为什么？"段小七眼睛一闪问。

"为儿子续命……"

段小七听乔姐把话说完，一时接不上话，好比在舞台上，如果是对手戏，小七一时接不上戏。这时候段小七看着乔姐的眼睛，瞬间信然。眼前这位乔姐，这个女人，段小七心里想，他从来没见过这么漂亮的眼睛。那双眼睛是真的，他觉着是真的。段小七深呼吸慢慢舒出一口气，眼睛转移到乔姐的儿子大宝身上；一转眼再看乔姐的眼睛，那双眼睛清澈见底，可见乔姐内心深处隐藏着一个母亲的心愿和祈求。段小七伸手碰了一下茶碗，没有端。这时候他不想喝茶，那就开口说话——

"乔姐，你这么说，我还能说啥？"段小七顿了一下，接着说道，"我，我心软；为孩子，没话说。"

"好。"乔姐起身把茶碗端到小七手上，含笑说道，"这么说就说通了，姐也敞亮！"乔姐回到自己座位上，两只眼睛闪亮地看着小七眼睛。这时候，乔姐好像无需推敲斟酌，一言既出：

"小七，姐答应你，只要你不走，留下，我捧红你段小七。给你取个艺名，段七红，你看行不？"

"哈，不赖——行！"段小七朗声回道。

乔姐最后一句话跟小七说明白："董平戏班，还是董师傅和小七管着。好比雷家生意，乔姐现在是东家，外面的店铺有掌柜。"

"成。"段小七回道，起身告辞。乔姐想起来问："兰戏班果儿跑到哪里去了？有消息吗？"

"不知道。"小七说，"听说那个债主派人四处打听寻找果儿，现在没有下落，没有任何消息。"

……

连续几天下雨。这些天，果儿不知道自己跑到哪里了。一路上果儿警觉得很。这天下午晚些时候，果儿发现后面好像有人在追赶她，这时候正巧看见不远处有一座破旧小庙，仓皇间果儿跑进庙里躲在关帝塑像背后——

只见一个长随模样的男人一脚踏进关帝庙查看。关帝塑像背后突然窜出一只老鼠，后面跟着一只野猫。这个长随看了一眼，随即离开关帝庙继续追寻……

果儿连日来浑身淋雨，内心愧疚、自责，身体虚弱得好像浑身散了架。晚上，果儿开始发高烧，蜷缩在关公塑像背后掩面哭泣，喃喃自语："是我的错，我的错，我连累了整个兰戏班，害死了班主兰叔……还有，我娘……"

孤独，绝望，饥肠辘辘。果儿眼前一黑昏死过去。这天半夜里果儿做了一个梦，她梦见一个人在舞台上演关公戏；梦里的关公挥舞着青龙偃月刀，将果儿梦见的关公戏切作碎片。夜，纷纷扬扬；果儿尽了最大的努力，梦里依然黑暗。

三天后，果儿退烧，从地上爬起来，吊一下嗓子，发现自己嗓子倒仓，突然一阵眩晕歪倒在地上。一会儿果儿爬起来，清一下喉咙，再试一下嗓子：

呀，呀呀，呀——，呀，呀！哎哎哎哎，哎。啊，啊，啊啊——！

这嗓子听着不是花旦，好像舞台上有一个演员唱生角。果儿一阵颤抖，腿一软瘫坐在地上。

这天清晨，天晴。果儿走出小庙，寻到一个坑洼，趴下喝了点雨水积水。一转眼，看见不远处地上横着几具尸体，果儿走过去一看，这几具尸体好像是过路客，行商之人。果儿不知道就在前两天她发高烧，她在关帝庙关帝神像后面昏睡的时候，有土匪路过这里抢劫杀害过路客商。

果儿从这些死人身上扒下衣服，找到火柴、一把剪刀和一些吃的东西；然后把这几具尸体拖进庙里。她剪掉自己的头发，脱下身上原来的衣服，换上一身男装，在关公像前跪下求关帝保佑。完事后，她把这庙里所有的易燃物——干草、木头收集起来，点上一把火烧掉了尸体和这个破烂不堪、快要坍塌的关帝小庙。

太阳照样升起，春天在野外等待，小庙四周一片寂静，晓看青山处，不见花鸟来。

果儿戴上帽子离开这里，回头望一眼正在燃烧的小庙。

第 二 章

分 道

12 不是原来的你

今天，果儿站在黄河边，她已经站了很长时间。她看着黄河流水，看着黄河对岸的山西。家在山西，她逃离山西，今天她已经跑到黄河对岸陕西。"快逃，跑得越远越好！"

这是段小七的声音。她记住了小七的声音，这个声音在她心里边，在她耳边，一直跟着她匆匆行走的脚步，一路风雨无阻，相伴前行。果儿在路上，这时候她不知道她要逃到哪里；她不知道她要跑到哪里。"现在去哪里？"果儿心里想，果儿没有地方去，没有亲人投奔。母亲去世了。班主兰叔去世了。兰戏班散了。果儿逃走了。这时候果儿心里想，父亲。

果儿没有父亲。母亲常语从来不说果儿的父亲。记忆里，母亲常语从来没有提起过父亲的事。常语不说：她不会说话，也说不清楚。母亲出事后，是兰叔把果儿抚养长大。这个家——她母亲和她，母女俩的生活靠兰戏班的兰叔。果儿六岁的时候，兰叔把果儿打扮成男孩送进私塾读书，读了四年。果儿在私塾里认识了另外一个打扮成男孩的小小，她是女妖小小。果儿比小小大三个月，两人成为"姐妹兄弟"；外头没有人知道，只有兰叔和一撮毛恩儿师傅知道，小小是兰叔领回来的孤儿。后来果儿和小小一起进入了兰戏班。

果儿和小小喜欢班主兰叔。果儿和小小都不喜欢一撮毛。小时候，一撮毛喝了酒，满嘴酒气抱果儿和小小，老是用他脸上的一撮毛蹭她们的脸蛋。一撮毛味道不好闻，一撮毛坏得很，非常讨厌！

果儿站在黄河岸边，好像一棵笔直的树，这棵树一动不动，迎着河面吹过来的风。她看着黄河流水从眼前流过，流向远处尽头东边发亮的地方。果儿看了一眼河东，心里一闪：后土祠庙会正日，那天上午，母亲显得很有精神，两只眼睛闪亮，吃了一碗面条，她说："还想吃个饼子，吃个馒头。"果儿跑到街上去买了饼子和馒头回来给母亲吃，看母亲吃得真香！吃过饭，母亲看了一眼窗外，说："天，真的蓝。"这时候果儿心里边一松：前两天看母亲快要不行了，没想到今天母亲见好了！其实，果儿不懂，不知道什么是回光返照。当时果儿心里想，今天是后土祠庙会正日，果儿无论如何要去后土祠，上品字形戏台演出！如果这次演出成功，披红，以后果儿可以多挣一点钱，给母亲治病，把母亲的病治好！

现在想起来，那天果儿帮母亲擦好身子，换了衣服，母亲拿梳子自己梳头。果儿说："娘，我来帮你梳头。"梳好头，母亲叫果儿拿镜子过来照一下。母亲看着镜子，说："果儿随娘，长得跟常语年轻时，一个模样。"

母亲放下镜子，靠在床头看着女儿，摆了摆手，那意思果儿知道：她让果儿走，赶紧去后土祠！那天下午晚些时候，果儿在路上急得不行，好像把自己的心抓在手上捏来捏去，一边擦脸上的汗，一边叫赶车的大哥快一点、再快一点！那位大哥说："已经够快嘞！再快，车轳辘飞了咋办？"

果儿心里像划过一刀，鲜血从心脏里喷出来！她感觉浑身忽冷忽热；她感觉自己手上捏着一颗颤抖的心。她心里想，现在果儿唯一的亲人就是兰戏班人。今后，果儿还能回去吗？果儿还能回到山西登上舞台吗？还能靠演戏谋生吗？过去的这些天里发生的事情，对于果儿来说，好像一场梦。她在一场梦里做梦，梦中清晰可见她从梦里一步一步走出来，走到当下——

这天上午，果儿西渡黄河，她没有钱。渡船老汉一脸疑惑，打量她，微笑说道："看你这身打扮，跑单帮的，不像是没钱。"果儿说："路上被土匪抢了。"她从包裹里拿出一块饼子给渡船老汉。这位大爷摆摆手，说："小伙子，你留着路上自己吃吧。"

她抱拳谢过大爷，然后上岸。她停下脚步，回头看黄河，看黄河对岸，她想起来："今天，不是今天。"

这是兰戏班班主兰笑生临终前说的最后一句话。果儿不知道这句话什么意思。她想：今天，就是今天。

去年过年前，兰叔来过果儿家一趟，说是来看看果儿的母亲常语。临走前，兰叔提出想要回那枚铜钱。母亲把那枚铜钱攥在自己手心里，不还给兰笑生。兰叔无语。常语无语。年后，母亲把这枚铜钱给了果儿，果儿再扔一次，铜钱反面朝天。常语看着女儿的眼睛，认吗？认。如果今天母亲常语扔这枚铜钱，铜钱正面朝天，果儿你认吗？认，还是不认？果儿叫母亲扔一次试试。铜钱落地，还是反面朝天。

今天，是他，不是原来的你。他站在黄河边扔一次铜钱。这是果儿第三次扔这枚铜钱：铜钱落地，正面朝天。他想了一会儿，把这枚铜钱扔进黄河里，让黄河说了算！

眼前是黄河。这是果儿第一次西渡黄河。她心里想，不，今天是他，他渡过黄河来到陕西。黄河知也；人，其实未必可知。果儿深深地呼吸了一口从黄河水面上飘来的空气，转身离开了黄河边。

果儿继续走路，途经山岭、山沟、乡村，蹚过几道水流，直到晌午日头晒得她浑身出汗精疲力尽，她跌跌撞撞一个趔趄歪倒在一棵树下。她坐下来歇一口气，脱下鞋子看看，两个脚板红不拉几这边出水、那头起泡，稍一挤压，疼得龇牙咧嘴！

一眼望去，附近有一脉黄土，一会儿从坡地豁口处跑出来一群羊和一个放羊娃。果儿招呼放羊娃问路；放羊娃伸手指道：好像近在眼前，却远在天边崎岖蜿蜒曲折。果儿从包裹里拿出一个饼子给放羊娃。放羊娃从衣兜里摸出一把干瘪红枣给果儿。

果儿挥手谢羊娃，两人各奔东西。

　　估摸着走了一个时辰，果儿停下来歇一下脚，环顾四周，这里好像是一个野猫不拉屎的地方。远看，北边土垛子连着黄土坡地，坑坑洼洼高高低低，延绵不断一直延伸到远处望不到尽头。果儿再往前走一段路，这荒郊野外居然有一座小小的神龛，走过去一看，是关帝爷！果儿拍打一下身上的尘土，然后跪在关帝神龛前默然祈告，因关帝爷给予庇护指道，果儿一路躲避贼人，苦不堪言，境随心转走到今天。今天，就是今天。

　　果儿离开关帝神龛，继续走一段野路，看见右边山包下有几孔窑洞；再往前走，可见一条路穿过稀稀落落的树木，一直向西。果儿一时晕头转向有点找不着北，眼前连个人影都没有。果儿钻进路边灌木丛解手，接着走路一身轻松，一路上她哼着小曲儿；忽然间听见附近传来狗叫，跟着传来一个小女孩拼命呼救的尖叫声……

　　果儿顺着叫声跑过去，看见一头毛驴拉的小板车上绑着一个小女孩，果儿上去问她咋回事，一边动手解她身上的绳子。这时候有一个男人跑过来，果儿一转脸看见他，脑中闪出"人贩子"。两人眼神交会的刹那，果儿快速出手抓住对方上来掐她脖子的手，出其不意抬起膝盖骨猛顶他裤裆间，接着跟进一脚将那个人贩子踹倒在地上。果儿回头迅速解开小女孩身上的绳子，拉着小女孩撒腿就跑。两人一路狂奔，跑到一个小村子村口停下来喘气；然后走到一处破院子的泥墙下坐下来。小女孩说："我肚子饿了。"果儿拿出一块饼子掰一半给小女孩。

"叫什么名字？"果儿看着小女孩脏兮兮的手，问道。

"杏儿。"

"几岁？"

"十一。"

"哪里人？家在哪里？

"韩城。"

"家里你爹、你娘呢？"

"被人家杀了。"

"土匪？"

"跑到乡里闹事的坏人。"

"为啥？"

"他们抢粮食，他们要钱。"杏儿吃着饼子，一边说道，"他们把我爹、我娘、我弟弟，还有长工大叔，都杀了。我逃出来的。"果儿一怔！两只眼睛呆呆地看着杏儿，咬住嘴唇说不出一句话来。过一会儿，果儿缓过神来，从包裹里拿出一个馍给杏儿。"吃，还有。"果儿说。

"渴。"杏儿噎了一下说道。

"我去弄点水。"

"你叫啥？"杏儿咬一口馍，问道。果儿站起来拍拍屁股上的泥土，一边走，一边摆手说道："我叫果儿。"

等果儿回来，杏儿已歪倒在墙根睡着了。果儿脱下自己外衣盖在杏儿身上，然后舒展一下身子，伸个懒腰靠墙坐下，打一个哈欠，一会儿也迷迷糊糊闭上眼睛。一个囫囵觉醒过来，发现自己被人贩子同伙摁在地上绑了起来。

"你们、你们干啥！杏儿，杏儿——"

果儿挣扎着喊道，一转脸看见杏儿已经被人贩子绑了起来，嘴巴里塞了一团布头。

"这个女娃，送城里蕴香苑。"人贩子伸手指指戳戳说道，"还有那个小子，送征兵处，拿人头费！"

"好。"同伙应声回道。

当天晚上果儿和杏儿被关在一间磨坊里。第二天，人贩子先把果儿绑起来送到西安城郊乡公所征兵处。

"你们，管不管啊？"果儿挣扎着，质问征兵处的军官。

一个年轻壮实的军官点上一支香烟，吸了一口，朝果儿吐一个烟圈，上下打量一下果儿，嘴一呀说道："管，管啥？"

"他们是人贩子，人贩子！"

"我不管别人，管你。"

"你浑蛋！"果儿冲这个军官骂道。

"再说一句，老子抽你！"这军官眼睛一狠，抬手一个手势，说道，"小杆子，跟老子叫板！"

与此同时，杏儿被送到了西安城里的蕴香苑。人贩子嘴上叼着香烟，手指头挠挠脑门，看着蕴香苑妈妈，说道："给、给个价钱。"

"我知道行情。"妈妈说。

"年纪又小,人又长得漂亮!给多点。"人贩子说。

妈妈将手一抬,说:"拿了钱快走!"

一夜无话,妈妈安排杏儿洗澡,换衣服,吃饭,上床睡觉。关照杏儿,明天一早起来洗脸、刷牙、吃早饭。

第二天早上,蕴香苑妈妈在庭院里转悠查看盆栽花草,一边叫唤用人,给这个盆浇点水,给那个盆松一下土施点肥。内务管事的老宋走过来问妈妈:"新来的小女孩,咋办?"

"先把杏儿养起来,"妈妈回道,"养个几年再说。"

晋南，河津龙门渡口

黄河对岸是陕西。

从前这里有一座铁索桥连接山西、陕西。

原来的铁索桥上铺着木板。

现在的桥，是现在的桥。

13 寡妇班

雷家大少奶奶买下董平戏班，这个戏班还是董平戏班，只是现在外头叫名，人家叫寡妇班。

有人说，这个叫法名副其实。寡妇乔姐是老板，是董平戏班班主。生意场上拿银子说话。这个，董师傅没话说。即便现在董师傅心里有一点不舒服，段小七私底下跟董师傅开玩笑说："那也是董师傅您热亲、乐意。还有一点，好像是迫不及待签字画押。没人拿刀子架在董师傅脖子上，硬逼着摁手印。"

这个话，说得董师傅好几天肠道紊乱、排便不畅。董师傅看中医，郎中说："没事，吃两帖药保你通便。"

买董平戏班，契约上写明：话事人，乔秀秀。就是雷家大少奶奶乔姐。

"这是生意。"乔姐微笑着对董师傅说道，"咱做生意不含糊，亲是亲，情是情，义是义，一码归一码。在生意上，亲情也好，兄弟情义也罢，先搁在一边不谈。现在摆在桌面上的是契约，是你我双方两相情愿，往后做相与，以诚信为本，达成交易，遵守契约，方才说得上我们之间共情共义。要不然就是胡扯淡，弄到后来一地鸡毛，风一吹，不欢而散，连朋友都没的做。最怕的是什么，有些人最后分手像仇人似的，没完没了，这就没意思了。"

"嗯。"董师傅回道。

"老哈，把账本给董师傅看一下。"乔姐说。

"是，大少奶奶。"老哈应声把账本送到董师傅手上，说，"董师傅，您瞅瞅——"

"董师傅，"乔姐端起茶碗，用碗盖刮一下茶叶，说道，"按照契约，我把董平戏班在外头的欠款全部还清了。董平戏班拖欠的人头费和工钱，也全部结清了。"

"好，"董师傅点头道，"没话说。"

"现在清清爽爽，干干净净。"乔姐放下茶碗，接着说道，"咱不急着出去演戏。一班人先养着，在家里练功、排戏。"

"是。"董师傅稍一欠身回道。

"老哈，送送董师傅和小七。"乔姐手一抬，说道，"回头，把二爷和三爷请过来。"

"是。"老哈应声，将手一让，送董师傅和段小七出门。

段小七在场面上不说话；董师傅在，轮不到小七说话。这会儿走出雷家大门，段小七问董师傅："解大手，通畅了吗？"

"吃了一帖中药，拉稀，"董师傅说，"一天有好几趟；有时候他妈的憋都憋不住，差点拉裤子上！"

"不会吧。"段小七觉着有点好笑，说道，"我怎么瞅着，董师傅您刚才坐在雷家客厅里，听东家说话时，好像是肚子在闹腾，您一直屏着，一直憋着？"

"没有。"董师傅眼睛一眨，摇头回道。

"哎，"这时候段小七看前面，一边走着说道，"董师傅，您在台上扮演关公、关爷；台下也是，爷！"

"这话我爱听。"董师傅眉毛一挑说，"爷，就是爷。娘儿们，就是娘儿们。"

"不一样？"段小七头一歪，问道。

"那是。"

"怎么说？"

"爷，憋得住。娘儿们，她忍不住。"董师傅说。

段小七"呵呵"一笑，继续往前走，一面念白道："关将军，来也！"这时候董师傅走着，突然手捂住肚子停下脚步，看样子真的有点憋不住了！段小七回头一看，将手一让，说道："关将军，要不，咱杀——回去？"

"去他妈的——回！"董师傅说。

乔姐一边搞定了董平戏班，另一边忙着雷家生意上的事。董师傅和段小七走后，一会儿雷家二爷和三爷来到主厅。二爷雷启先一进门，就问："大少奶奶，啥事？"

　　乔姐叫小倩上茶，接着跟二爷说到一件事："咱得厘清监管，疏通茶叶对外经营渠道，把二爷做的茶叶生意扳回来行不？"二爷立马回道："按大少奶奶的意思办。""三爷，"乔姐一转脸，看着雷启后，想了一想说，"潞盐生意，还有一些杂货生意，你先放一下，别管了。往后，三爷辅助二爷做好茶叶生意就是。"

　　"好。"三爷点头回道。乔姐接着对三爷说，"回头叫西安分号的大掌柜老马，在西安给董平戏班置办道具行头，要一应俱全。"

　　"是。"

　　"三爷，还要辛苦你一趟，"乔姐喝一口茶，接着说道，"你立马去一趟安徽茶山，把货办好。然后去一趟江南苏州。你到苏州城里平江路张家巷找晋商会馆陈东源，他是启顺的朋友，请他帮忙，采购定做苏州丝绸锦缎戏服。抓紧办好，运回来。"

　　"好。"三爷回道，"这个事我来办，我明天一早就动身。"

　　第二天天亮，三爷出门，马不停蹄前往安徽。到达安徽青茂岭茶山，办好货，马上走。当地茶农、供应商老茂一再挽留雷家三爷在山庄住两天歇歇，喝茶吃酒玩玩。三爷一天都不敢耽搁，办完差事上路，走官道直奔南京过长江，一路往苏州方向去。

　　前后不到一个月，第一批戏服运到董平戏班。"我滴乖乖！"段小七眼瞅着运回来那么多戏服，"啧啧啧"说道，"我来试一下！"

"好，"乔姐给段小七试穿新戏服，一面说道，"人靠衣装。马呢？我要招兵买马，把董平戏班壮大起来，就是这个意思嘛。"

"这就对了嘛，东家。"董师傅正好走过来接口说道。乔姐一个转身，看着董师傅的眼睛，说道："我们定个目标，力推小七，让小七进后土祠上品字形戏台，一唱天下红！"

董师傅一听，脸色一冷好像倒吸一口冷气，想开口说话，欲言又止。董师傅看了小七一眼，转身走开。段小七瞟了一眼董师傅的背影，回头拿手指搭在自己嘴唇上，朝乔姐使了一个眼色。

这天晚上，董师傅关在屋里一个人喝闷酒。本来乔姐跟董师傅说好的，今晚请董平戏班的人在晋南菜馆吃饭，一来吃个开张饭；二来借此机会把雷家二爷和三爷请过来，跟董平戏班的人打个照面，大伙儿认识一下，往后彼此好有个照应。这会儿到了吃晚饭时辰，不见董师傅人影子。乔姐找董师傅，看见跑龙套的小帽在院子里转悠，乔姐问小帽："董师傅人呢？"小帽眼睛一挑，做了一个董师傅平时喝酒的习惯动作。乔姐立马跑到董师傅屋里，问老董咋回事，怎么一个人在自己屋里先吃起来，把一班人撂在一边。董师傅爱搭不理，自顾喝酒吃花生米，自言自语道："一人不喝酒，两人不赌钱。"乔姐拿起董师傅的酒杯，一口干了，扭头就走。

今晚这顿饭，董平戏班的人狠狠地过了一把嘴瘾，把晋南几道名菜一扫而光！龇牙咧嘴嘴一抹，吃了还想吃，接着吃！寡妇班班主乔姐在，酒席刚开始的时候多少有点拘束；好在董师傅不在场，大家心里自然放松一些。酒过三巡之后，有人就放开来喝了。乔姐挨个敬酒，把在座的各位当亲人，喝得大家伙一个痛快、酣畅！这天晚上，段小七好像有意贪酒，来者不拒，敬酒必干；喝到后来自己拿起酒壶自斟自饮，连着干杯，旁人拦都拦不住。有啥办法？"喝——"乔姐对段小七说，"我今天让你喝。过了今天明天不行，以后不行。"

段小七喝醉了酒当众说胡话，众人也不理会。在座的心知肚明董师傅对段小七有点不爽。琴师孟达说："小七和董师傅闹得好像有点不开心。其实也没啥，就是有些事，小七唱反调，不顺着董师傅管道溜……"小帽在边上，插嘴说："咱跟着老板吃香的喝辣的。"

段小七拍拍小帽的头皮，说道："董师傅一向对大家好，为咱戏班呕心沥血，是吧，是不是？""是。"乔姐说。其他人不吭声。董平戏班的人都知道，乔姐本来是要买兰笑生的兰戏班。兰戏班出了那档子事，乔姐才决定买董平戏班。对董平戏班的人来说，这是好事，董师傅本人也是求之不得：整个董平戏班，人心向往。先前只有段小七和董师傅想法相悖，为此两人闹得很不开心；对其他人来说，现在乔姐当家蛮好。段小七一根筋，他在场面上不大会说话，这会儿死活要跟大家掰扯，大着舌头一味地说："董师傅人好！回头，咱得给董师傅敬酒，敬董师傅三杯，不醉不归！"……

这回小七醉得一塌糊涂，乔姐叫车把小七送回去。这时候段小七醉眼迷离，口无遮拦，昏说乱话，直呼"乔秀秀"大名，接下来叫"妹子"："妹子，我跟你说，董师傅好好人、好人……"

"好好好，好人。"乔姐扶着段小七上车，一面说道，"董师傅好人。小七，也是好人。就我是坏人，把你们当好人。"

这顿饭吃得最不爽的，要数雷家二爷。后来二爷和三爷私下说话，二爷雷启先气不打一处来，对三爷说："咋回事？大少奶奶买什么戏班不好，偏偏买个烂摊子。瞧吃饭喝酒那个样子，好像前世没吃过没喝过似的，什么德行！再说，老三你听说没有，外面人家叫董平戏班寡妇班，啥意思，这个名不好听！老三你说，为啥不改名叫秀秀戏班？这个董平戏班，有啥好，啊？"

"哎，二哥，"老三雷启后手一摆回道，"知道不，这董平戏班董师傅，他演关公可了不得，城里有名、乡里有说啊！"

"是吗？我怎么不知道？"

"是。"三爷头一点说道，"哎，就凭这一点，走到哪里都吃香。"

"满世界吃香的、喝辣的？"

"是啊，董平戏班值钱，有关公这个名头，值那个钱。"

"哟，老三，看来你也跟着听戏、看戏、入戏了？"

"二哥，我跟你说，"三爷搭住二爷肩膀，煞有介事地说道，

"别的戏，我一般不看，就看关公戏。"

"哦——，是，我也是。我也喜欢看关公戏。别的，不看。"

"就是这个意思嘛，这就对了嘛。"三爷微微一笑，说道，"这不，现在大少奶奶说了算，是不？"

"是，没错、没错。"二爷说完，"嘿嘿"一笑转身就走。

11 扛枪吃饭

果儿在新兵训练营已经有一个多月了。果儿现在名叫：果子。果子就是果子，没人知道果子是女儿身。

现在，新兵连训练全副武装五公里越野跑，跟平常训练一样。这果子一路跑得好像没个吃力的样子！这果子耐渴、耐饿，他妈的还跑不死！长官、弟兄对果子不是另眼相看，而是刮目相看。这会儿果子在山坡上跑，心里想着那天夜里在段小七的帮助下，她从那个债主老宅逃出来，一路上担惊受怕，干饿急奔。那时候她脑子里就是一张白纸。她夜宿日行，这张白纸上开始有一笔一画，一个字一个字写出来——

她想过，有一天她在路上被人抓住，女儿身被贼人发现，把她卖到窑子里。她想过死，跳进黄河。她想过活，向死求生！她想过，以后上台唱生角，人家戏班子不要她。她想过，找大户人家打杂，做丫头。她想过，出家当尼姑。她想过，今后跟人家学生意，做点小生意谋生。她甚至想过，下煤矿挖煤又咋样？她脑子里这张纸已经写满了字。她什么都想过，就是没想过有一天她会扛枪吃饭，跟一帮当兵的混在一起吃喝拉撒称兄道弟。

果儿现在穿上军服，她不用想了，已经成为现实，人已经在兵营里接受训练。你想开小差，想跑，找死！有一点果儿做梦也没有想到，先前在征兵处碰见的那个军官负责训练这一拨新兵蛋子。这家伙自我介绍：大名叫郝勇，老子外号刀棍儿。新兵没人敢当面叫他刀棍儿。他是新兵连连长。老兵好像也没人叫他刀棍儿。老兵在背后说话，经常说起连长刀棍儿贼厉害，打仗冲在士兵前头；他身上多处负伤。他入伍不满五年，从一个小兵拉子，升班长、排长，到现任上尉连长。

果儿发现，刀棍儿在训练新兵时贼凶狠，要不然怎么叫他刀棍儿！新兵蛋子人人怕他，躲着他，好比一个打猎的，远远看见一头豹子走过来，毛骨悚然。说起来有点奇怪，或许果儿和刀棍儿有缘，果儿在征兵处和刀棍儿有过一次正面碰撞。眼下，这刀棍儿好像对果儿有点另眼相待。

"果子，就是果子。"连长刀棍儿说，"果子，是咱家树上掉下来的果子老弟……"

刀棍儿私下跟果儿说话，一口一个果子老弟、果子老弟，喊得果儿心里舒坦，双手抱拳叫连长大哥！两人拜把子，喝酒；果儿跟连长喝酒干杯，往死里喝！刀棍儿拍拍果儿肩膀，说往后果子老弟跟着老子混点名堂出来！

新兵河南人李富顺跟果儿同岁，叫果儿果子哥。果子叫阿顺顺子哥；喊大头娃，强哥。他们仨组成了一个小帮派核心。按阿顺顺子的说法，果子哥是连长的老乡、弟兄。新兵连里没人跟果子哥叫板。果子上有连长刀棍儿，下有顺子和强哥一帮人撑着，平时训练、吃饭、睡觉，果子领班发号施令。

顺子说果子哥够意思，顺子换下来的衣服，果子哥包洗了。强哥饭量大，果子三天两头把自个儿饭菜拨一半给强哥吃，那是稀松平常的事。弟兄们有个跌打损伤，果子哥立马给你拍上脱臼，更别说敷药和包扎，齐活儿。虽说手榴弹没有强哥扔得远，但是果子哥枪法准。有一天，顺子跟其他人吹牛，说俺果子哥，打小就一个人提着枪在山里转悠打猎，那枪玩得是一溜一溜的，什么狼啊，什么野猪啊，一枪一个，俺没法比！这天，刀棍儿召集全连训话——

"今天，我说，就说一句话：他妈的人和人咋比？果子枪法好。现在果子喝酒，老子喝不过他。他敢当面顶撞老子，骂老子！你们，敢不敢？一个一个熊样子，给老子练！今天，继续五公里越野跑！要想不死，跟着果子跑，往死里跑……"

不久，部队接到命令连夜开拔。果儿跟随连长刀棍儿上前线打仗了……

老百姓搞不懂打仗究竟为啥，当兵的只晓得服从命令听指挥，叫你打你就打，叫你冲你就冲，叫你撤你就撤。为啥打仗，当兵混饭吃的兄弟们不知道，要么长官知道。果儿问连长，刀棍儿说他不知道，他上面的长官也说不清楚。

一帮新兵蛋子第一次上战场，强哥听见机枪声就发怵；平时牛逼哄哄、能说会道的顺子，听到炮弹落地爆炸，吓得哇哇哭喊着站在原地打转转。果儿喊他卧倒，顺子愣是一副没头没脑的样子站在战壕里尿了裤子。果儿冲过去，一个飞身扑伏在顺子身上。两发炮弹就近落地，飞起的泥土石块落在果儿身上。

果儿叫顺子注意隐蔽！没想到顺子爬起来发疯似的乱跑，中弹后一个跟跄栽倒在地上。这时候，果儿看见强哥受伤倒地，果儿把顺子和强哥拖进掩体包扎好；然后转身跑出去把身负重伤的连长刀棍儿背回掩体止血急救包扎；回头冒着炮火再出去寻找受伤的士兵兄弟，有几发炮弹先后呼啸着飞过来落地爆炸，将她炸飞起来摔在地上昏死过去。

不知道过了多长时间，果儿苏醒过来。四周硝烟弥漫，一片死寂，果儿两眼模糊，看不清现在战场上咋回事。这时候果儿脑子里断断续续想起来，记得当时，连长命令她带兄弟们赶紧撤！果儿死活不听连长命令，坚持给连长刀棍儿止血、包扎。大声叫刀棍儿挺住！回头她来把连长背下去！在战场上，果子老弟居然不听命令！连长拔出手枪对准果儿脑袋，再一次命令果子，撤！立马带兄弟们撤出阵地，往死里跑！果儿冲刀棍儿骂道："你浑蛋！"

连长刀棍儿两只眼睛死死地看着果子老弟，一边喘着粗气，说道:"再说一句,老子抽你!"

这时候果儿想起,她在征兵处第一次见到上尉连长刀棍儿,这个狗日的军官,就是一个浑蛋!

果儿从死人堆爬出来,爬到河边土路上昏死过去。

果儿在梦里,迷迷糊糊,恍兮惚兮,她看见树上的果儿掉在地上,一只脚踩踏过去。她在远处雾里看戏,她看见她在舞台上演《挂画》;突然,她从台上摔下来——

"躺着,别动。"

果儿听见一个男人的声音,这个声音非常遥远;一会儿,这个声音很近,伴着外面唱戏的声音,好像就在她耳朵边上。

"我——"果儿舔了一下嘴唇,想要说话,要喝水。她慢慢睁开眼睛,看见自己躺在农户家炕上。

"你,总算醒了。"这个男人看着果儿的眼睛说道,"你已经昏迷了三天三夜。来,喝点水——"

"这是,啥地方?"果儿喝了一口水,缓过神来问道。

"河口。"他说。

"你,"果儿看着眼前这位长辈,一脸疑问:"你?"

"我是程戏班的,"他说,"我是程贤志。小兄弟,你叫什么名字?"

"我……"果儿嘴唇嚅动着,欲言又止。

"当兵的?"

"是。"果儿点头回道。

"打仗？"

"是。"

"你命大。"老程给果儿续了一碗水端过来，一面说道，"前两天，我们戏班路过北固口，看见河道土路边趴着一个死人。眼瞅着那个人的腿，忽然动了一下，跑过去一看，人还有气儿。戏班的人就把你抬上马车，拉到这个村子里。"

"先喝水，休息。"老程把水壶放在炕头，一面说道，"过半个时辰，吃点小米粥，吃个鸡蛋。"说完，老程走出屋子。

外头院子里传来有人吊嗓子的声音。果儿喝水，呛了一口。没想到自己能活下来。果子老弟你命大，果儿心里想，关帝神佑！今天死不了。今天，就是今天。

这天傍晚，老程给果儿送来一盆饺子，说是今晚程戏班要给河口村一个财主家唱戏，东家招待程戏班给的，人人有份。果儿从炕上爬起来磕头，谢程叔救命之恩！

"小兄弟，怎么称呼你？"老程问道。

"我，我叫果子。"果儿回道。

程戏班演出在即，老程要张罗一些事情，稍坐一会儿告辞，叫果子兄弟晚上好好吃个饭，休息。

"程叔，"果儿吃一个饺子问道，"今晚演啥戏？"

"《天官赐福》，"老程说，"何东家长房长孙今天满月庆贺。今天人多，热闹！"

"我想看戏，行不？"果儿放下盆子说道。

"行，"老程指指盆子说道，"你先吃。吃完饺子，换一下衣服过来看戏。衣服给你备好了。"

这天夜里，程戏班演出结束，曲尽人散，情不散。班主程贤志把果子兄弟送回去休息。果儿看戏那会儿，心里已经想好了，这回跟程戏班走；程戏班走到哪儿，她就跟着到哪儿。果儿走到半路上停下脚步，开口说话——

"程叔，"果儿略一沉吟，说道，"我、我想为程戏班做点事混口饭吃。"果儿看着程班主的眼睛，停顿了一下，接着说道："打杂也行，跑龙套也行，不要工钱。"

"行。"程班主几乎不假思索回道，"那就，这么说定了。三天之后，我们去西安。"

"好！"

果儿一笑，如此开心！抬头仰望天上的星星和月亮。今晚星星闪烁月正圆，果儿情不自禁低声吟唱道：

太极阴阳，五行万象。
象生阴，
伦理纲常，新卷恭俭让。
到处有那灵芝献瑞，
各方才瑶草呈祥。

程班主一边走着，听着，一转脸问道："你会唱戏？""我刚才看戏，跟着学的。"果儿暗自吐一下舌尖回话，"我不会唱这个戏，跟台上学的，好嘛！""哦，"程班主微微一笑，说道，"这个戏，叫《天官赐福》，大赐福。"

程戏班在河口村连续演三天，果儿天天看戏，这是近水楼台先得月。果儿正儿八经的活儿，是在戏班打杂，跑龙套。程班主留意果子老弟好像对戏班流程不含糊。这果子有点特别，不像是一般树上的果子。程班主琢磨着看果子的言行举止，心里想果子说他是当兵的，看样子又不像个当兵的。程班主一时说不清楚，这时候就是感觉，这果子兄弟有点意思，有点意思。

　　……

果儿跟着程戏班来到古城西安，住在老城厢戏台附近一家大杂院。这是老城厢戏台经理、程班主的老朋友方平斋先生特意给程戏班安排的住处，闹中取静，离老城厢大戏台近，来往方便得很。这个大杂院宽敞，主房是两层楼面，两边有一排平房厢房；前后有院子，后院里有马厩。

这天戏班住宿歇脚，大伙儿一路旅途劳累，吃过晚饭后，各自洗洗弄弄回房间睡觉。果儿一个人走到后院里看看马厩，拿些草料把马喂了。回头望月，感觉月儿相邀，天涯共此时——

果儿回想她一路走来，今天置身于古城西安，恍若隔世！程戏班没有人发现果儿的女儿身，正如果儿在兵营里、在训练场上、在战场上，果子老弟和兄弟们生死与共，血染沙场，本是男儿本色。今夜无眠，在此无人之地，月光如洗，映照人间前世今生，果儿方显儿女情长，念念之间，情不自禁施展她在舞台上的美妙身姿；情到之处，好比文章大家下笔行文，行到当行之处，止于不可不止。果儿不爱说话：她不想说话，她不会说话，她不需要说什么话。当她置身于舞台上，她感觉自己的每一个动作、身体每一个部位都在呼吸，都在说话。这是她的心里话，是她想说的话。这时候，果儿整个身心入了戏，她快速转身跳跃回旋旋转，接连快步跨步旋转，人体起伏运动如行云流水。月光如戏，戏中人没有注意到楼上有一个人，程戏班班主透过窗户，正注视着院子里的身影和这个身影的每一个动作……

一会儿，程贤志出现在果儿面前。

"班主，我……"果儿一愣，嘴唇嗫嚅着欲言又止。

"啥也别说了。"

程贤志看着果儿的眼睛，手一抬说道："练吧！"

15 台上台下

　　四年后，程戏班在西安老城厢大戏台上演蒲剧《黄鹤楼》。果儿扮演周瑜，戴帅盔，插双翎，玉带蟒袍，仪表堂堂！周瑜，在众军校簇拥下，在节奏强烈的特定氛围中出场，一个傲视群雄、威风八面的亮相，惊艳全场，赢得碰头彩！这个戏演得出神入化。这时候，程班主在后台掀个门帘缝，眼瞅着戏台下满座儿，观众眼睛就盯着台上的周瑜，整个戏全在周郎身上。好家伙，座儿眼睛贼亮，且看，且听——

　　　　周（念白）：皇叔

　　　　刘（念白）：都督。

　　　　周（念白）：今天酒席宴前，瑜有几句不知进退的

　　话，不知当讲不当讲？

　　　　刘（念白）：都督有何贵言，都督请讲无妨。

周（念白）：如此，瑜先谢罪了——！当年——赤壁鏖兵，火烧战船，争下荆州一席之地，被皇叔借去，以做屯兵养马，许——下八载归还，如今业已九春，未能还上，岂不知信者，信乃人之根本，人而无信，不知其可也。

大车无辊，小车无轨，其何以行之哉。请问皇叔，不还我家荆州，是何意儿？

…………

老城厢戏台外头，招贴上写着：程戏班、周瑜扮演者程果。果儿这次演出大获成功，程戏班程果名扬古城西安。四年回首，今夜又是无眠。这时候夜深人静，果儿一个人来到程戏班住地后院，拿草料把马喂了。回头一望，楼上，程班主的房间灯还亮着。此时此刻果儿回想起来，程戏班到西安的第一天晚上，那天夜里在程戏班住地后院里，程班主发现了自己的秘密。从那以后，果子老弟在程班主程老师的亲自传授指导下，专攻生角，不久展露出蒲剧艺人天分。后来她在舞台上的扮相和演技、一身才华令人倾倒！从此，人们看到程果，台上台下是男儿。

程戏班在西安老城厢大戏台连续演七天，场场爆满。老城厢大戏台经理方平斋先生，在后台口一把拽住程班主说话——

"贤志兄，"方平斋托一下眼镜，说道，"看在老朋友分上，程戏班再加演两天，好不好？"

"两天？"程贤志微笑道。

"就两天夜场两场，必须的。要不然，我没办法对外交代，没法交代！"方平斋眼睛凸出来说道。

"这两天，恐怕不行。"程贤志摇头说。

"那不行，"方平斋拦住程班主，说道，"你得帮我，就两天成不成？"

"程果有事要办。这个，没办法。"

"有办法，"方平斋拉住程班主不放，说道，"果爷有事，咱回头再说。现在等着出票，不是开玩笑的。你一句话，行不行？"

"果爷有事……"

"什么事，就这两天？"方平斋眼镜片一闪说道，"贤志兄，这么说好不好，果爷的事就是我的事，回头我来帮果爷办。你看，行不行？"

"行吗？"程贤志看着方平斋的眼睛，问道，"你行不行？"

"你先说，行不行！"方平斋急着说道。

"行。"程贤志想了想点头答应道，接着一想，说道，"这两天加场，这个包银得另说，怎么说？"

"好说，好说。"方平斋立马回道，"加倍，加倍！"

"不含糊——"程贤志说。

"照规矩来，"方平斋朗声回道，"再多加两个红包给果爷。"

这天晚上，西安蕴香苑灯火温馨诱人。少女杏儿已经到了可以接客的年纪，蕴香苑妈妈依照惯例，对外说"梳拢"。

谁也没想到，三天之后，名满西安的果爷捷足先登，摘下杏儿的初夜喜帖。钱放在桌面上说话："老板，咱已经说好了，这个月，我包了杏儿姑娘。"果爷说。

"好，好嘛，果爷。"妈妈眯花眼笑看果爷，将手一让请果爷上楼，一边说道，"美哉美哉的杏儿，讨人欢喜！"

果儿眼瞅着这个胖嘟嘟的妈妈，好像自个儿嫁闺女，一夜之间姑爷在眼前，喜从天降！妈妈脸上笑容收不住；一会儿，又抹着眼泪说："做妈妈的，总归有点舍不得！"妈妈引着果爷上楼，顺着回廊走到杏儿闺房门前，敲门，推门走进去，一转脸微笑对果爷说道："瞧，美哉美哉的杏儿，最讨人欢喜！"

这天夜里，对杏儿来说，少女初夜，人生伊始。这时候，杏儿心里惊恐、紧张、害怕，不敢正视这个男人。刚才，就在妈妈领着果爷走进屋里那一刻，杏儿抬头看了一眼这个男人，这个男人让杏儿瞬间泪眼迷离。果爷戴着礼帽，进屋后没有摘下帽子。妈妈离开后，他站在窗口，背对着杏儿，不说话，令人生畏！

这时候，杏儿心里想，先前妈妈单独跟杏儿说，从今往后要做个讨人欢喜的女人。妈妈又说，妈妈眼睛厉害，看人一打眼，就能从人样子看到人心。妈妈接着又对杏儿说，妈妈不敢说自个儿阅人无数，但是，妈妈的两只眼睛看准的，没错儿，这个男人就不会错到哪里去。杏儿相信妈妈。

杏儿收住纷乱的思绪，起身给果爷上茶，但见果爷走到衣架前脱下外套挂在衣架上。杏儿看着果爷挺拔的身背，心里边一震！脱口而出，细语柔声叫了一声："爷——"

"叫哥。"

果爷"啪"一个转身摘下礼帽，两只眼睛闪烁看着杏儿，一面说道："我是果儿。"

"啊？"杏儿突然失声喊道，"果儿！"

"嘘——"

果儿一个手势动作，示意杏儿别出声。果儿转身走到床边，脱下内衣，轻声说道："杏儿，上床，被窝里说话。"

……

16 多大的事

　　四年过去了。这回，段小七终于听乔姐一句劝，主动请董师傅在晋南菜馆吃饭，向董师傅认个不是。段小七跟乔姐说明，是小七认个不是，不是段小七认个错。段小七不认为自己和董师傅在有些事情上尿不到一个壶里，就是他错、董师傅对。乔姐私下调教段小七退一步海阔天空；话说董师傅也是明白人，既然小七尚能在面上服一下软，主动在自己面前低个头、认个不是，说几句好听的话，董师傅心里一条气也就跟着顺畅了。乔姐在董师傅和段小七之间调解撮合，董师傅和段小七各自退让一步，皆大欢喜。这是乔姐想看到的人物关系，董平戏班三者平衡，互为牵制。乔姐崇拜董平师傅，董师傅拿捏不住段小七，小七服东家乔姐。董平戏班三个核心人物不乱，这个戏班子才能一路稳定前行。

　　戏班这一行，好像没有人会像寡妇班班主乔姐那样，拉着本戏班从山西跑到陕西西安，不赶场子演出，而是先到四处去看戏、看人。乔姐说最有看头、最有价值的，就是戏班演员。对戏剧人才，听乔姐的说法有三点："人品至上，才艺居中，出身为下。"乔姐说："咱不盯着看人家出身，不在乎什么出身，要紧的是：人好，戏好。"

这个年代，西安各路戏班子云集，各有各的拿手剧目和演出市场。段小七到了西安，进客栈住下来，屁股还没坐热，就把话撂在桌面上，说："西安，大码头，咱得赶紧出去登台演出！"

"我不急。"董师傅说。

段小七一听，说道："就我一个人急？"

"是。"

"不会吧，"段小七看着董师傅的眼睛说道，"我想挣名挣钱，其他人不想？"

"是。"董师傅说。

段小七"哈"一笑，说道："这个是，还是不是，啥意思？"

这天，段小七、董师傅、老孟几个人喝茶，洗耳恭听东家乔姐说："咱不急。在外面做生意，你有走不完的路、挣不完的钱。"董师傅点头说："是。"老孟跟着说："是。"段小七不吭声，听东家接着说道："对于名，来者不拒，去者不追。钱不入急门……"

董师傅拿乔姐没辙，只好听从乔姐的意思，要不然咋办？

董师傅心里边闪过一个念头，有朝一日把这个寡妇赶走，这董平戏班还是老子说了算！一闪念而已，不足以念想，想都别想！这钱把子不在自己手上，你想怎么着？董师傅是聪明人，段小七也不是笨蛋。董平戏班全体同仁跟着老板乔姐安安稳稳吃饭、睡觉、看戏；不该问的，不问；不该操心的，不用你瞎操心。董平戏班，乔姐当家，天塌下来是老板的事。

段小七跟着乔姐和她儿子大宝在西安晃悠，看了好多场戏。直到有一天在老城厢大戏台看到程戏班程果的精彩演出，乔姐动了心思，私下跟段小七说，她志在必得这个程果，无论如何把这个角挖到董平戏班来。

这天下午吃茶，乔姐问段小七："你看，把程戏班的生角程果挖过来这个事，行不？"

"好嘛，姐，你说行就行，我没话说。"段小七回道。

"啥意思？"

"我说不上话。"段小七尴尬一笑说道，"这个，要问董师傅。"

"董师傅是董师傅，你是你。"乔姐说，"我今天先问你，痛快点，行不行？"

"难。"段小七眉头一皱说。

"怎么个难法？"乔姐看着段小七的眼睛，"你说——"

"其实，也不难。"段小七嘻哈一笑说。

"废话。"乔姐将茶碗往桌上一磕，说道，"小七，我在跟你

晋商宅院

晋商精神的核心，是一个"和"字，"和实生物，同则不继"。

这是晋南商人对整个晋商的最大贡献。

通常说晋商，一般指的是晋中商人。

说正经事，你别不当回事。人，最重要。"

"我，不重要吗？"

"小七，当然重要。"

"董师傅不重要吗？"

"非常重要。"

"董师傅那里，怎么说？"

"回头知会一下老董，没事。"乔姐回道。

"哈，"段小七眼睛一闪，说道，"没事就好。最好提前说一下哦，东家，要不然董师傅又要一个人喝闷酒了。"

"这个，你不用管。"乔姐端起茶碗，说，"你只管想办法托人，找人约果爷出来见面，我们跟他当面谈。"

"好，"小七喝一口茶，说，"我来试试看。不过，说清楚，小七不打包票。事情办不成，乔姐别说我。"

几天后，程果应约来到德信茶楼见寡妇班班主。程果走进茶楼一间雅座，乔姐立马起身迎候，自报家门，将手一让，请果爷上座喝茶说话。段小七一眼认出果儿，惊讶得站起来张开双手，好像树上掉下来一个果子正好落在自个儿手上！

"呀，果儿！"段小七两只眼睛睁得贼大，脱口而出喊道。

"小七！"

果儿摘下礼帽，两只眼睛闪烁看着段小七的眼睛："是小七！"

"哎，你俩认识啊？"乔姐一脸好奇，问小七，"咋回事？"

"她、她是果、果儿！"

"啊，是果儿？"乔姐看着果儿，似问非问道。

"乔姐，还记得不？"段小七急着说道，"那年后土祠庙会演戏酬神，兰戏班那个花旦，《挂画》那个戏，就是她，果儿！"

段小七说着，一边手忙脚乱帮果儿把外套挂在衣架上，给果儿拉开椅子，紧接着伸手把桌上的茶碗移到果儿面前，两只手一抖一晃碰翻茶碗，茶水洒到果儿身上。果儿微笑说："没事。"段小七跟着傻笑，两手一摊，说："瞧我，笨手笨脚。"

"哟，想起来嘞！"乔姐一转脸看着果儿，说道，"哎，我说果爷，你不是叫程果吗？"

"说来话长。"果儿沉吟了一下，说道，"乔姐，你们从山西运城过来，原来兰戏班的人，有啥消息？"

"有，"段小七用手指头点点桌面说道，"说来话长……"

当天晚上，果儿回程戏班吃过晚饭，找程班主单独说话。果儿开门见山说道——

"程叔，有一件事我直说，我感激程戏班收留我、培养我。这么说，代表我不会离开程戏班。今天，我听山西来的人说，原来我们兰戏班的一些年轻人，后来被那个债主卖给煤窑抵债。兰戏班的恩儿师傅得了重病。我必须回去，回山西……"

"寡妇班有人找你，是吧？"程贤志看着果儿的眼睛，说道。

"是。"这时候，果儿两眼噙满泪水，点头回道。

"你要走？"

"是。"果儿看着程班主的眼睛，回答。

"好，"程班主突然间脸色一变，立马叫人过来，关照说，"把程果关到楼下地下室！"

她像一个囚犯坐在地下室角落里，夜里睡在地上。三天，没有人来看她，除了每天早晚给她送饭的小姑娘阿灵。阿灵一直不跟她说话，送了饭转身就走。这时候她脑子里，好像就是一张白纸。这张白纸上开始有一笔一画，一个字一个字写出来——

兰笑生把果儿带进兰戏班学戏，那年她十一岁。兰叔从来没有骂过她、打过她、罚过她、关过她。记得有一回，兰叔当着一撮毛恩儿师傅的面，对果儿说过一句话："笑生欠你母亲的，怕是一辈子还不清！"果儿不知道兰叔说这话是什么意思、是什么事。过后，果儿单独问过恩儿师傅，就问过一次。老恩不说，用一句话打发果儿不要问："过去的事情，今儿不提也罢。"果儿进了兰戏班，才知道当年用一副担架把她母亲抬回家的，是兰叔和一撮毛。

果儿从来没有问过兰叔，她母亲在台上跌了一跤是咋回事，也从来没有问过她母亲是咋回事。果儿不会说话，也没有人说话。果儿想，她在戏班是唱戏的，一个唱戏的，说什么话？本来就不应该说话。这时候果儿心里想：一撮毛恩儿师傅病倒在床上，吕哥、刚子、女妖小小、天星，还有彪子他们现在在哪里？

这天上午，程班主来到地下室，打开门看着果儿的眼睛，开口第一句话说道:"故事编好了？给了你三天。"

"不,"果儿看着程班主的眼睛,说道,"程叔,我们扔铜钱,铜钱正面,你赢。铜钱反面,我可以走。"

"跟兰笑生学的吧。"

"是。"

"想好了,要走？"

"是。"

"我不准呢。"

"程班主,程叔——"果儿清了一下嗓子,看着程贤志的眼睛说道,"这回,我们就扔一次铜钱！"

"不,"程贤志手一摆,说道,"你我之间不扔铜钱,没这个必要。——你走吧。"

果儿一听,单膝跪下抱拳说道:"程叔,果儿日后报答！"

"不,"程班主手一抬,说道,"我不要你感恩,我也不要你回报。起来说话——"

"为啥？"果儿站立起来问道,"程叔为啥帮我？"

"想知道？"

"是。"

"好,"程贤志想了想说道,"你值得我帮,我有能力帮你,关神叫我帮你。好比洋人说,上帝叫我帮你。"

程班主说完,转身离开。果儿看着程班主的背影,默然无语。

　　乔姐叫小七再次约果爷在德信茶楼面谈。果儿想好了自己的计划，提出一个条件，问雷家大少奶奶乔姐借一笔钱，她回山西救人要用。乔姐当场答应借钱，条件是，只要果爷来董平戏班。

　　这天中午，方平斋找程班主商量，说他已经答应西安的山陕商会，请程戏班和晋南来的寡妇班为山陕商家专场演出。程贤志婉言谢绝，说果爷走了。方平斋托一下眼镜"哈"一笑，说他上午正好在茶楼碰见果爷，当面跟果爷说起这个事，果爷一口答应。程贤志一听，点点头说："挺好！"方平斋说这回山陕商会专场，两个戏班联合演出，程戏班演上半场，寡妇班演下半场。程贤志提出，还是程戏班演下半场，果爷压轴。方平斋说，可以，就这么定。回头跟寡妇班班主说一下，这个好商量，不在话下。

　　一个礼拜后，西安老城厢大戏台外面墙头上的招贴，招来络绎不绝的座儿。这天夜场，方平斋在场子外头恭候果爷，一看人来了，方平斋赶紧迎上去，拱手说道："果爷、贤志兄，今儿啥也别说了。我心里有数、有数。"果儿抱拳说："谢方先生！"程贤志拱手说道："多谢平斋，程戏班在西安，全凭平斋先生照应！""请！"方平斋略一躬身，将手一让，朗声说道："看戏！"

　　这场联合演出，事先乔姐和方平斋在德信茶楼见面商议过具体事项，方平斋和乔姐一见如故。演出日期敲定之后，乔姐和方平斋联手提前做功课：人们看见大戏台外面墙头上的招贴，只是面上的广告推送；乔姐和方平斋分头提前三天，派人将戏票请帖，分别送到西安场面上有头有脸的人物手上。今天夜场，前几排座儿，方平斋认识的社会名流大佬，扳一下手指数不过来。山陕大商家、晋商瞿正延，山西票号日昇昌大掌柜陈秉坤先生，一点不张扬出现在公共场合，要是不留意他们说话，压根儿不知道他们是谁。

"瞿东家。"陈秉坤一转眼看见瞿正延，迎上去小声打招呼。

"哟，是陈大掌柜。"瞿东家应声，轻声说道，"看戏？"

"我先前看过一场，今儿再看。"

"大掌柜喜欢看戏？"

"美得很。"

"要不咱约一下？请个戏班子，回祁县到我家里如何？我家里有戏台。"

……

这天晚上，董师傅从走进后台那个时候起，到这会儿前台演出已经过半，他就一直板着脸不说话，看人没个好脸色。他说自己腰闪了上不了场。坐着歇着喝茶吧，他嫌茶叶不对，水不烫；接着又说，他不喜欢喝红茶，要喝白茶。说话间，不知道有意无意，抬手把茶碗碰翻在地上，吓得跑龙套的小帽一身冷汗！乔姐走过来看看董师傅的手，轻声问道："烫了，没事吧？"

"没事，"董师傅来回搓弄自己的手指头，一面说道，"烫了两个手指头，不要紧，小事。"

"不，"乔姐给董师傅换一碗茶，一边说道，"烫了董师傅，就不是小事——"

"这话啥意思？"

"就是这个意思嘛。"

"这么大的事，事先也不跟我说一下，她就这么来了！"董师傅瞟了乔姐一眼，"哼"一声说道。

"说啥？"

"你说说啥？"

"果爷来了，多大的事。"乔姐说着，把茶碗放在茶几上，一转眼又把茶碗端起来送到董师傅手上，接着说道，"现在跟你说，知道不？以后，我们还要三旦、三生、三净、三丑。这个戏班子，就是要人。没人，咋叫一流戏班、最好的戏班？"

"你……"董师傅眉头紧蹙叹一口气，好像有意一抬手，把茶几上的茶碗碰翻在地上。

今夜无话，乔姐忙出忙进。董师傅一个人早早离开了场子。

11 果爷好些日子没来嘞

自从果爷包了杏儿，从第一天夜里算起，蕴香苑妈妈掐指算算，果爷好些日子没来嘞！

杏儿整天一个人闷在自己房里，不出来见人。妈妈叫人给杏儿姑娘送茶送饭，阿姨每天走进杏儿房间，把东西放下就走。杏儿几乎不跟其他人说话，除了妈妈过来看杏儿，说几句家常话。

在此期间，西安大官商耿德康耿家公子来蕴香苑，一进门就点名要杏儿姑娘。妈妈出面笑脸相迎，婉言说道杏儿姑娘这个月是包月。耿家大公子耿鸣时出手阔气，银票拍在桌上，说今晚非要见杏儿！妈妈叫人给耿大公子上茶。妈妈慢声细语跟耿大公子说道蕴香苑的规矩，这包月就是包月，不是哪位客人后来出钱多，就可以在中间空当日子转包给他人；进一步说道，包月期满，前者是可以优先续包。耿大公子一口气有点不顺，放下茶碗，说道："加钱。"

"这会儿，杏儿姑娘不可以见其他客人。"妈妈含笑回道，"请大公子容我安排美哉美哉的夜来香姑娘，出来陪大公子如何？"

"不要，我要杏儿。"耿大公子说着，将桌面上的银票推送到妈妈面前，"请杏儿姑娘出来喝杯酒，可以吧？"

"哟，喝酒，恐怕不行。"妈妈说，"喝茶，可以。我陪着杏儿姑娘，和大公子一起喝茶。"

"啥意思？"耿大公子眉头一皱，问道。

"这是规矩。"妈妈微笑说。

"要是今天，我非要请呢？"

"不会的。"

"怎么说？"

"在西安，没人在蕴香苑硬来。"

耿大公子起身掸一下衣袖，转身就走，丢下一句："无趣，他妈的跟钱过不去。"

第二天吃午饭的时候，妈妈轻轻敲杏儿的房间门。杏儿开门，妈妈一看，杏儿两眼湿润，好像刚才在屋里偷偷哭了一会儿。杏儿拿手绢抹了眼睛，说道："我没有哭，就是流了一点眼泪嘛。"妈妈拍了拍杏儿肩膀，凑到杏儿耳朵边轻声说道：

"哎，杏儿，果爷好些日子没来嘞！要不，我叫人去瞧瞧？"

"嗯，"杏儿眼睛一闪，点点头说，"好的。"

这天下午晚些时候，杏儿在花厅里摆弄盆栽花草，一转脸看见老宋，杏儿迎上去小声问道："回来嘞，咋说？"

"人不在。"老宋拿起茶碗喝茶，看了杏儿一眼，说道。

"你说啥？"

"不是我说，"老宋一边续茶，一边说道，"是人家说，人走嘞。跟那个戏班子寡妇班，回山西了。"

"啊？"杏儿看着老宋的眼睛，将信将疑。老宋坐下来喝茶，说道："我跑了一趟，就是这么回事，信不信由你。"

第二天天亮，杏儿偷偷出门，上一辆马车出走。

这天早上，老宋一脸起床气，手上拿着一张纸，一路小跑来到花厅找妈妈说话。

"啥事，看把你急得！"妈妈捯饬盆栽花草，一边说道，"今天你起这么早干啥？早饭吃了没？"

"杏儿跑了。瞧，留下一张字条。"老宋说着，递上字条。

"唔嗯——"妈妈接过字条瞟了一眼，微微一笑，说道，"这个痴心丫头，好！就算我空欢喜一场，空欢喜。"

"咋办？"老宋捏一下手，问道。

"由她去，"妈妈回道，"人家喜欢果爷，有啥办法？"

"赶紧派人，把杏儿追回来！"

"哎呀，老宋头，"妈妈手一摆，说道，"你苦着脸做啥？不去管她，不去管她。"

老宋一脸苦笑摇摇头，转身离开花厅。这时候，妈妈再看杏儿用毛笔写的字条：

妈妈：

请妈妈原谅杏儿不辞而别。杏儿去追果儿哥哥。

感谢妈妈养育之恩！

我会来看望妈妈的，带点好吃的给妈妈。

妈妈保重！

杏儿

第三章

面对

18 意外的意外

果儿离开西安之前，程贤志在西安老城厢风华楼设宴为果爷饯行，方平斋先生应邀作陪，程戏班的主要演员也出席作陪。先前外面传播的一些流言蜚语暂时消停了。果儿对那些不三不四、言过其实的说三道四，只当没听见。人家怎么说，是人家的嘴；听不听是自己的耳朵，不听就是。有些事不需要解释，也解释不清楚，免得自寻烦恼。令人感到意外的是，程班主开场白说，果爷离开西安，回山西办一件事。这个事做了再说。

程班主提议大家一起举杯给果爷敬酒。一杯白酒下去，接下来一个一个单独向果爷敬酒。方平斋连着跟果爷喝三杯。没想到轮着一圈一圈喝下来，看果爷没啥反应。程贤志知道方平斋海量，这会儿助兴说道："今天平斋兄与果爷喝酒，有的一比。"

酒喝到这个程度，方平斋心里有数，立马摆手回道："果爷的酒量过人，平斋甘拜下风。要不然今晚平斋醉倒在西安风华楼，明天满世界都知道，方平斋酒量不行嘛，哈！"更令人感到意外的是，果爷只字不提对程班主感恩、报答。大家记得果爷就说了一句话："人走茶不凉，曲终人不散。"

方平斋在场面上，自然应酬自如，你好我好大家好！等到酒席散后，人走到外面，方平斋一把拉住程贤志，说你老兄糊涂！现在程戏班程果、果爷在西安是什么局面？那是白花花的银子从天上稀里哗啦落下来的局面。这时候你老兄放手，让果爷走人，这叫什么戏？还有什么戏？

"不是说，难得糊涂嘛。"程贤志说。方平斋"唉"了一声，说道："你不是难得糊涂，你是糊涂到面糊里。我实在是不能苟同。"

方平斋连连摇头，托一下眼镜，接着说道："程贤志，你是贤得可以啊，志在哪里？你不会跟我方平斋说，吾志方优吧？"

程贤志听了，"哈哈"一笑，说道："知我者，平斋也。平斋兄怎么不知，志在必得？"

"得啥？"方平斋接口说道，"人走了，你得个屁！"

"得——"程贤志一手一张一握，说道，"心留下了，在西安，在我手里。"还不明白？程贤志抬头看看天上的星星和月亮。

"这么说吧，"程贤志顿了一下，接着说道，"我程贤志可以拽住果爷不放手，但我拦不住她的脚，更何况心？不把心留下，人迟早会走。到时候恐怕连朋友都没的做。我关了她三天三夜，就是要看看这个人，是什么料？一个从死人堆里爬出来的人，你不让她走？跟她翻脸？平斋兄，你书读得比我多，戏比我看得多。戏文里怎么说，英雄好汉，刀架在脖子上不眨眼，怕你个鸟！"

"得，"方平斋说，"你得了，我失了。程戏班一棵大树上的程果，一不留神给鸟叨走了。什么鸟啊，有这么大本事！这年头挣钱不容易哦，是不是？哪有程贤志这样傻的，好端端的金果子，你说放就放了。怎么挣钱？"

"你吃饱了，喝足了，要挣那么多钱干吗？"程贤志说。

"看戏。看戏不要钱啊？"方平斋回道。

"荒腔走板。"程贤志说，"平斋，你我之间的交情、我们和果爷的交情，不比银子金贵？挣钱，挣得到吗？"

"两说。"方平斋托了一下眼镜，说道，"是也非也。"

"是，"程贤志拱手说道，"吾志方优。这优字，在西安老城厢大戏台上。老话，铁打的戏台，流水的戏班子。来日方长。"

这趟董平戏班西安之行，东家乔姐开了眼界，看了不少戏，见了不少人，收获满满，心满意足。

乔姐最大的收获是把果爷挖到董平戏班。还有儿子大宝，这回跟着娘到西安，几乎是天天跟着娘和小七叔叔到处看戏，过足了戏瘾。乔姐看儿子吃饭香，睡觉香，满地乱跑，跟外面健康的孩子一个样，一切正常，没话说。乔姐开心，怎么说，她都是赢家。这回段小七自我感觉良好，见到果儿，与果儿同行，美在心里，自个儿偷着乐。乔姐说，这回小七功劳不小，果爷加盟董平戏班，小七记头功！段小七跟乔姐开玩笑说，树上的果儿是自然掉下来的，小七只是走运，顺手接住了果子而已。董师傅是一个人提前回的山西。小七说，董师傅好像没啥收获。乔姐说，西安分号大掌柜老马，天天请董师傅喝酒，吃遍了西安名菜，也算是不虚此行！

董平戏班从西安回到山西运城，乔姐让大家休息两个礼拜。果儿问乔姐借钱的事，一天都不想耽搁。

乔姐说办就办，当天中午回到家里，叫老哈去账房办一下急用款子。一会儿，老哈过来回话，说账房一时半会儿办不了。乔姐问咋回事，老哈犹豫了一下，说前些日子，二爷和三爷去了一趟京城做一笔非常大的生意，给人家骗了。这会儿，雷家现金几乎全部拿出去填补这个天大的窟窿了！乔姐一听，立马放下饭碗去账房，老哈跟着大少奶奶一起过去。

管家明叔和账房主管沈元生正在账房喝茶，见大少奶奶亲自过来查账，两人突然紧张起来大眼瞪小眼。管家明叔心里慌得要吐，两只手不晓得放在哪里好，不知如何应对是好。沈元生站在管家旁边皱紧眉头，嘴巴嚅动着，一时说不清楚话；眼瞅着管家不说话，自己也不好先开口，显得很为难。乔姐看了明叔一眼，叫老沈把账本拿出来。乔姐坐下来翻看了一下账本，叫老哈去传话，叫二爷和三爷过来到主厅说事。

当天下午，乔姐当面问责二爷和三爷。二爷雷启先把责任一股脑儿全部推到三爷头上，说老三在外地做生意没啥经验，一门心思要做大生意，猛赚一把，结果掉进人家设的圈套里。三爷雷启后好像无话可说，也说不清楚，一跺脚把一盆脏水泼到管家明叔身上，全怪明叔瞎了两只眼睛！这时候明叔有口难辩，支支吾吾说这生意是他介绍的，但是他只是介绍京城那个朋友认识三爷，这买卖还得东家自己拿主意。好了，乔姐把账本往桌上一扔，废话少说，今天面对面，直截了当了结此事——

二爷和三爷必须认错、认栽，回头细查！明叔好像也脱不了干系，枪毙带坏耳朵，一并问责。大少奶奶当着二爷和三爷的面，叫老哈接任管家，明叔仍留在长房听差，位置排在老哈后面。二爷立马点头说同意。三爷眼珠子一转，顺着二爷管道溜，说一切听大少奶奶安排。明叔郁闷得不行，当天晚上一个人躲在自己屋里喝闷酒喝得酩酊大醉，没想到中风脑瘫，躺在床上再也爬不起来。

这么一来，乔姐一时无法兑现先前她在西安对果爷的承诺，回头立马去见果爷打招呼。

这天晚上，乔姐请果爷吃饭，说明家里生意上出了大事，一时半会儿没有办法调动现金。真的不好意思，抱歉得很！果儿听乔姐把话说完，好像自己的心突然被人抓起来扔到一口井里，一下子沉到冰冷的井底。出乎意料，果儿一时无语。这时候果儿眼睛里闪过一点将信将疑：乔姐编故事？乔姐没有留意果儿的眼神。完了，乔姐说借钱的事缓一缓再说。

这天夜里，果儿睡不着，在床上翻来翻去，一会儿坐起来看着窗口发呆，一会儿躺下来睁着眼睛看着屋顶发愣，胸口好像装进了烟末儿的烟锅，一根火柴点燃之后，飘浮出来的烟雾呛得她一阵咳嗽，咳得眼泪都流出来。索性起来，穿上衣服出去走走。

果儿走到马厩，给马添了些草料，在马槽里再加了点清水。这时候她一闪念：骑上马立马走，回西安！她把一匹快马从马厩里牵出来，踏出几步，止不住一阵心跳。她稳住马步，好像是在稳住自己心里一股突然要发起冲锋的鼓动！不，那一瞬间，她感觉一盆冷水从她头上泼下来。她心里想，这是撤退，其实就是逃跑。刚刚稳住的心又怦怦怦跳起来。她稍微犹豫了一下，心跳缓下来。她深呼吸然后吐气，将烟锅一样的胸口清空。心里就一句话：

"你回山西做啥？"果儿自言自语道。她感觉嗓子里塞了一把干草，说不出话来。她猛然回过头来，把马牵回到马厩里。那匹马舔了舔她的脸，她伸手拍了拍马的脖子，一面亲亲并抚摸着马。她的手在马的脖子上，上下左右来回抚摸，缓缓滑过马的颈部，最后停留在马背上。那马仰起头来，将它温热的嘴唇贴在果儿颈部，这时候果儿和马依依不舍，不禁潸然泪下。

第二天一早，果儿动身去晋中太谷，心里想到山西票号一条街试试看，问哪家票号可以借钱。连问几家，没戏。果儿疲惫不堪，感觉力不从心，心里空，胃里空，好像整个身体被掏空，就剩下一个躯壳和两条跑不死的腿。果儿在街边小摊吃了一个饼子，回头去平遥看看……

这天下午，日昇昌大掌柜陈秉坤在里屋喝茶说事，听二掌柜进来说，外面有一位客人求见，陈秉坤放下茶碗出去迎接。

果儿和陈秉坤在西安见过一面。有一天，瞿正延瞿东家请程戏班果爷和寡妇班班主乔姐在德信茶楼喝茶，说好回山西后，选定一个日子，到祁县瞿家唱堂会。陈秉坤在座，和果爷有眼缘，聊了几句聊得来，相约回山西见！

这会儿陈秉坤见果爷登门拜访，上前拱手说道："果爷，咱又见面了！"

"大掌柜好！"果儿微笑抱拳拱手说道。

"我在西安，看过两场果爷的戏，好，好啊！"陈大掌柜一面说着，将手一让，请果爷坐，喝茶。

伙计上茶后，果儿沉吟了一下，看着陈大掌柜的眼睛，说道："陈大掌柜，我开门见山，有事相求！"

"果爷，请讲——"陈秉坤说着，抬手示意果爷喝茶。

两人边喝茶边说话："……兰戏班的事，就是这个事情。"果儿挑重点说了兰戏班情况，接着说道，"陈大掌柜，我今天来，请求陈大掌柜帮我一把，救兰戏班人……"

"行，"陈秉坤喝一口茶说，"借一笔款子，可以，没问题。"

"好，谢陈大掌柜！"果儿抱拳说。

"不过，咱得照规矩来。"陈秉坤放下茶碗，接着说道，"票号借款要抵押；有个担保，也行啊。"

果儿一听，刚才还热乎乎的心，被一盆冰水浇透！心里想"没戏"，她愣了一会儿，抬头看着陈大掌柜的眼睛，说道："我没有东西抵押，也没人担保。我，只能拿我自己做担保。"

"可以，"陈秉坤说，"戏班子出面给你做担保，就行。"

"董平戏班行吗？"果儿问。

"哟，这个，恐怕不行。"陈秉坤显出为难神色，说道，"名头不够。最好是有名的戏班子，大戏班。"

"哎，"陈秉坤想起来说道，"晋南的雷家寡妇，不是已经买下了董平戏班？让雷家出面担保，不就成了。"

"董平戏班不行吗？"果儿看着陈秉坤的眼睛，问道。

陈秉坤想了想，说："董平戏班，不够。"

"你看我够不够？"话音刚落，只见程贤志走进来，一边说道，"陈大掌柜，你看，我够不够？行不行？"

"程班主、程戏班！"陈秉坤立马起身拱手说道，"哎呀，贤志兄，这话羞我。——够，行！"

"要不，来个抵押？"程贤志看了果儿一眼，眼神示意果爷坐着；程贤志一转脸看着陈秉坤，说："西安，我有两间门面店铺，在老城厢西街。你看，行不？"

"行，"陈秉坤将手一让，含笑说道，"贤志兄，请喝茶。我马上叫人开银票！"

……

19 你有完没完

段小七回到山西后，再一次向董师傅提出他想演关公。这个事过去提过，董师傅不准。这次再提，段小七面带微笑，语音语气语调好像换了一个人，令人感觉有点意外。董师傅吃透这小子一贯的秉性。董师傅心里想，兵来将挡，水来土掩。在董平戏班里，小七翻不了天，也翻不了身。段小七，你说你的，我唱我的："小七，你想上台演关公？关公关神是你演的？小子，你英武啥？你听好了，老子在，你别做梦！"

这天吃过午饭，董师傅照常在躺椅上午睡，一觉醒来睁开眼睛一看，段小七正弯着腰凑到他脸上，鼻子闻闻这边、闻闻那边。董师傅一把推开小七，说道："闻啥，有啥好闻的，啊？"

"唔嗯，"段小七嗅嗅鼻子，说道，"董师傅，您身上有一股什么味儿。"

"啥味儿？"

董师傅从躺椅上坐起来说道:"我身上有什么味儿?"

"香。"

"你说啥?"董师傅看着小七的眼睛,问道。

"香!"段小七鼻子一吸,说道。

"什么香?"

"我不说,董师傅您自个儿说。"

"说啥?"

"董师傅,您看,"段小七微笑,说道,"让我试一下,演一回关公。我跟东家说过了。乔姐说,行。"

"我说不行。"

"为啥?"

"演你的赵子龙。演关公,我不准!"董师傅眼睛一瞪说道。

"乔姐她——"

"她什么,"董师傅一个手势打断小七,说道,"董平戏班上台演戏的事,我说了算。"

"是。"段小七点一下头,说,"但是,乔姐昨天说——"

"说什么,"董师傅再次打断小七说话,"小七,你听好了,别拿东家来压我,我不怕!"

"香……"

段小七煞有介事拿手指背擦擦自己鼻孔,一面说道:"好香的味儿,好像在哪里闻过这个味儿?"

"什么狗屁香，"董师傅回道，"香你个屎！"

"哎，不对。"这时候段小七好像突然想起来，说道，"女人身上的香。"说完，挥挥手走了。

小七这么一说，董师傅惊出一身冷汗！这小子狗鼻子？这时候董师傅脑子里一闪今天吃午饭时，乔姐给他送来一砂锅鸡汤，说是给他补补身子。乔姐把砂锅端到桌上，他突然从乔姐身后双手一把搂住乔姐的腰；就一个瞬间，随即松开手尴尬一笑，说东家真香！也没啥事，就这么回事儿，没人看见。乔姐也没说啥，叫他趁热吃鸡汤，然后就走了。董师傅后来想想，先前自己有贼心没贼胆；这会儿自己贼胆好像是有了，但是贼心有点虚了，虚得令人生厌！连自己都不相信，怎么会这样？

这时候董师傅有点讨厌自己，甚至有点痛恨自己，心里臭骂自己不是个东西，是浑蛋！段小七刚才来这么一搅和，董师傅联想到女人：现在董平戏班，雷家寡妇已经取而代之；又引进一位果爷！想想自己，现在演关公是不可撼动的地位，怕小七取而代之。董师傅这么一想，过去在拍他肩膀，他猛然一怔，浑身冒虚汗。

这是董师傅不愿意想的事，但是过去就是跟他有点过不去，有时候挥之不去——

"班主，我想上台演关公。"董平章说。

"你演关公？"程班主说，"不行。"

"为啥不行？"

"你和段千武比？"

"我不服！"董平章说。

"你不服，也得服！"程班主说。

小七的父亲段千武，是董平章的师兄。早年，有一次在后土祠酬神演出前，段千武在后台画脸谱，董平章走过去跟千武说："师兄，这回演出结束后，把嫂子接回来吧。"段千武说："不接。她演她的，我唱我的，不是一条道。"董平章顺手接过段千武手中的画笔，说："师兄，我来帮你勾脸谱。"董平章接着说："小七还小，不能没有娘。"段千武说："小七有爹，有董叔叔……"

这次演出，董平章有意没有给师兄画破脸线，想让师兄在台上出一次丑。段千武装扮好，挂上须上场。与此同时，董平章走到专门方位烧黄表纸祭神，没想到那黄表纸烧到一半突然熄灭了。

台上，段千武正在表演战长沙，台下观众议论：这个红生没有画破脸线，人神不分，对关公大不敬！段千武听见台下的议论声，突然一口血从嘴里喷出来！段千武强撑一口气，使出关王十三刀将戏演完，"唰"一个转身，摆出关公手持青龙偃月刀的架势站立死去。台下观众纷纷议论道：段千武把关公演活嘞！关圣显灵，亲自下凡把人带走了。段千武，活关公！

董师傅脑子里突然断片儿，一张白纸从屋脊上飘下来，飘

日昇昌，山西票号

到他眼前。他坐在那里愣了半天，才缓过神来回到当下。

这时候段小七推门进来，两只手搓来搓去，嬉皮笑脸看着董师傅的眼睛，突然挺直腰板，做一个舞台亮相动作，开口说道："董师傅，我想上台演——"

"有完没完？"董师傅"唰"一下站起来，嗓门突然吊起来说道，"你，有完没完？！"

段小七一怔，悻悻然退出去。回头看一眼董师傅房间门，只见门里边董师傅身影忽闪忽闪在舞关公大刀；一会儿，听见屋里"哐当"一声，关公的青龙偃月刀掉在地上。

段小七悄悄地走到董师傅房间门口，朝屋里张望，这时候董师傅把掉在地上的关公大刀拿起来，"唰"一个关公转身亮相。完了，董师傅恭恭敬敬把关公大刀摆放在木架上，上一炷香，看着这把大刀，长长吐出一口气。

20 不是泼你冷水

　　这天下午，段小七回到自己房间里浑身没劲，歪倒在床上前思后想，小七先后两次向董师傅提出想上台演关公，董师傅铁板一块，没商量，就是不准！小七的梦想，好像小七小时候光着身子趴在炕上，听董师傅说后土祠品字形戏台，至今难以实现。

　　现在想来，这次去西安，小七原来想借这个机会，跟董师傅走得近一些，没想到董师傅冷淡得很，大部分时间不跟乔姐和小七在一起。说起来有点奇怪，董平戏班到西安、老城厢大戏台，这么好的机会，董师傅为啥不上台演关公戏？这是董平戏班的拿手戏。董师傅说他腰闪了上不了台。乔姐本来要安排一桌酒席，请程戏班班主吃个饭，一起聚聚聊聊。董师傅不去，好像是有意回避。这时候段小七想起来，董师傅从来不提程戏班程班主，就像董师傅从来不提小七的父亲。小七问过两次，董师傅闭口不谈。

段小七和董师傅的关系并没有按照乔姐期待的那样恢复到正常状态，师徒两人一直处在好好坏坏、坏坏好好的不稳定状态，令人担忧。董平戏班的人对此无所谓，他们习以为常，不当回事。但是乔姐为此头疼得很。乔姐要说董师傅吧，碍于脸面不大好说；董师傅这个人气性大，有点说不得。说小七，乔姐又不大想说。乔姐感觉左右为难，拿老董和小七没办法。换了别人，乔姐有的是办法。活见鬼，乔姐就是拿这两个人没办法。乔姐有时候一个人想想，咋回事啊？思前想后，问题还是出在自己身上，好像自己前世里欠董某人和段小七，今生今世要还他们似的。

在雷家大院子里，大少奶奶不跟任何人说董平戏班的事，也不把戏班的烦恼事带回家。但有一个人例外，就是老哈。自从让老哈接任管家后，乔姐有些事倒是愿意私下跟老哈说几句。

这天下午，乔姐叫丫头小倩去请管家老哈过来一趟。老哈以为大少奶奶有什么要紧的差事，赶紧跑过来。没想到大少奶奶说今儿没事，喝个茶说说话。老哈感到有点意外。平日里，大少奶奶里里外外忙出忙进，哪有闲工夫喝茶聊天？

大少奶奶支开小倩，单独跟老哈说董平戏班的事。听大少奶奶把话说完，老哈沉吟了一下，说道："这个事，恐怕不好办。"

"怎么说？"乔姐用茶碗盖刮一下茶叶，看老哈有点犹豫，说道，"有话直说，想怎么说就怎么说。"

"好。"老哈看一眼窗口，说道，"大少奶奶，刚才听您说戏班子的事，主要是董师傅和那个小七，还有新来的果爷。果爷，现在不好说，以后看看再说。这会儿，我琢磨着董师傅，他要啥？还有小七，他要啥？"

"老哈你说说看，"乔姐手一抬示意老哈喝茶，接着说道，"现在依你看，董师傅要啥？"

"要面子。"老哈微微一笑，回道，"要他一个人说了算。在董平戏班里，他说一不二。"

"可以啊，"乔姐回道，"这个好办。戏班演出的事，往后就让董师傅说了算嘛。"

"不，"老哈看着大少奶奶的眼睛说，"不是戏班演出的事他要说了算，而是戏班所有的事，他想要的，都他说了算。"

"哦，"乔姐回道，"这个不难。"

"不行。"老哈清一下嗓子说道，"东家就是东家。没有理由让董师傅做主。一个戏子，好好唱戏就行，别想太多，也不能要得太多，是不？"

"哈，老哈，接着说——"

"再说那个段小七，小七，"老哈直言不讳接着说道，"他现在要啥，我不知道。但是我知道他年纪轻轻，要名，要钱。还有，要女人，是不？"

"接着说——"

"给。"老哈喝一口茶，接着说道，"大少奶奶，这个简单，给他就是，看他接得住接不住。"

"先给啥？"

"名。"

"这个事，好像也不难吧。"

"难，很难，非常难。"老哈看了一眼窗外，接着说道，"最难的，就是这个事。"

"怎么说？"

"大少奶奶，"老哈压低声音说道，"问题是，那个小七，要是他出名，风头盖过董师傅，咋办？"

"明白了。"

"所以，"老哈接下去说，"大少奶奶，不是我泼冷水，我琢磨着，戏班子的事，不去管他，听其自然，顺其自然。戏班子给人唱戏寻开心找乐子，不去管他也罢。"

"这个，恐怕不行。"乔姐眼里闪过一丝让老哈不易察觉的神情。乔姐喝一口茶，放下茶碗，说道："戏班，是大事。我不能不顾、不管。"

"好，听大少奶奶的。"老哈说完，要告退。乔姐说："哎，老哈，我问你，你要啥？"

"大少奶奶信任我，足够了。"老哈回道。

大少奶奶的丫头小倩一直在窗外偷听大少奶奶和老哈说话，直到老哈起身说"大少奶奶，我告退"，她才闪一边去躲起来。

乔姐看着老哈离开客厅，这时候对于乔姐来说，与其说信任现任管家老哈，不如说她心里更信任段小七。小七守口如瓶，至今外面没人知道乔姐买一个戏班子回来到底为啥。这一点非常要紧，让乔姐对小七放心。在董平戏班内部问题上，在董师傅和段小七之间，乔姐心里那一杆秤，好像更向小七倾斜。

对于雷家二爷和三爷来说，大少奶奶买戏班子，花钱养戏班子，面上不好说，心里一百个不爽！"大少奶奶做生意挣钱，这个没话说；但是，董平戏班现在不赚钱，在花钱，要这个戏班子干啥！"这会儿，二位爷喝茶说话，你一句我一句："要看戏，到外面去看不行吗？过年过节，把戏班子请到家里唱堂会也可以啊，花一大把银子养一个戏班子，这叫什么事！唱的哪一出？"二爷和三爷心里一股气没地方出，在背后发牢骚，发野狠："恨不得一脚把董平戏班踢出去！这些戏子，什么粒个东西！"

这天吃过晚饭，大少奶奶带儿子大宝出去看戏，小倩趁这个空当去三爷家里，一五一十把大少奶奶和管家老哈私下说的话传给三爷。小倩肚子里怀着三爷的种，大概两个多月，还没显怀，没人知道。这会儿，三爷雷启后最关心小倩怀的是女孩还是男孩。三爷秘密请来有名的郎中倪云道先生，给小倩诊脉。倪先生说，时间还早，再过一百天可以判断。

雷家二爷现在有两个女儿，三爷家也是两个女儿。雷家，就长房大少奶奶乔秀秀一枝独秀，有一个儿子大宝。三爷送走倪云道先生，回来对小倩说，要是小倩给雷家三爷生个带把的，三爷立马娶小倩做姨太太。

"三爷,你得给我做主。"小倩拉住三爷袖子,说道。

"一定。"三爷伸手摸摸小倩的肚子,回道。

"当真?"

"绝无戏言。"三爷说,"等到一百天之后,如果倪云道先生把脉确定小倩肚子里的胎儿,不是女孩是男孩,三爷对天起誓,正大光明、名正言顺给小倩一个名分,谁都拦不住!"

正事说完,三爷打听老哈的情况。小倩说:"现在老哈眼里没有别人,除了大少奶奶,谁都不放在眼里。"

这会儿说起老哈,三爷恨得牙根痛,一肚子气一时半会儿还出不来;过去的有些事,还说不出口。老哈像一块铁秤砣压在三爷心上添堵。不想老哈还好,一想老哈,三爷嘴边就起泡。

老哈原来是雷家长房雷启顺的长随,一直跟着启顺走南闯北做生意。雷启顺死后,听大少奶奶安排,老哈来到三房协助三爷打理生意。三爷自认为,自己把老哈当亲兄弟,对哈兄不薄,经常请老哈上馆子喝酒,私底下给钱,拉老哈去省城逛窑子。没想到这个老哈喜欢喝酒,喜欢银子,但是不喜欢女人。早些时候,小倩就是三爷特意安排给老哈夜里暖被窝的。雷三爷费尽心机拉拢老哈,小倩最后还是爬到了三爷床上。

如此结果也好。三爷把小倩安排在大少奶奶身边,免得留在三房让自己女人起疑心。这会儿,最让三爷不爽、非常痛恨的事,是老哈言而无信!三爷说,记得那天晚上老哈喝了半瓶白酒，当面跟三爷提出，他想回长房当差。三爷满口答应。三爷当时稍微转了一个小弯提示老哈，今后长房那边大大小小的事情，知会一下三爷。明白了？是知会不是说，叫老哈以后凡事都要过来向三爷禀报。三爷告诉小倩，说当时老哈对三爷，是微微一笑点点头。但是回头，不见老哈有任何说法。

小倩说："老哈眼睛里，没有三爷。"

"狗日的！"三爷愤然一骂。好像还不够解气，将手上的茶碗"啪"地摔在地上，一脚踢翻了桌边的一个圆凳子。

小倩看着摔碎的茶碗和滚到一边去的圆凳子，一转脸问三爷："要是生个女孩呢？"

"泼冷水啊！"三爷眼睛一斜看着小倩的眼睛说。

"女孩咋办？"小倩问。

"好啊，"三爷两手一摊说，"你另找出路，我给你一笔钱，咱两清。"

"做生意啊？"

"有生意做，不好吗？"三爷搓搓手说。

"立个字据。"小倩拉住三爷的手，说道。

"跟大少奶奶学的？"

"是。"

"学得好，不错。"

"立不立？"小倩看着三爷的眼睛，最后问道。

"立！"三爷朗声回道。

21 我心我在

这天，果儿赶到临汾黑瞎子煤窑已经是下午晚些时候，在煤场打听问询，有人说，那几个人原先是在这里，后来被债主转到了河津煤矿。好不容易找到黑瞎子，扑一个空，果儿心一沉，回头走原路返回。这时候看见路上有两个痞子模样的人在前面挡道，眼瞅着他们迎面走上来，一瞬间果儿想好了应对——

打不打另说，要紧的是自己身上带着不少钱。果儿两只眼睛直逼对面两个男人，她一步一步迎面走上去，就在接近对方的咫尺之间，一个左右虚晃快闪从他们俩身边穿过去，好比野外一只梅花鹿从两只豹子中间窜出去一路狂奔。两个家伙在后面猛追，这时候果儿不看后面，只看前面往死里跑！连长刀棍儿说过一句话：在一千米之内，后面有人追，追不上你，你就逃掉了。

这天晚上，果儿跑到临汾城里，在汾阳客栈住了一宿。第二天天亮，起来吃了两个饼子，直奔晋南河津。

　　一路上，果儿想昨天她从太谷县去万泉东镇小店村看望一撮毛恩儿师傅。老恩病重，躺在床上起不来。老恩看见果儿，好像看见天上掉下来一个人，他两只眼睛发呆，愣在那里半天说不出一句话。果儿见他床头墙上挂着班主兰笑生的遗物旱烟杆，一时控制不住，手捂住嘴，百感交集，瞬间泪流满面。这时候说啥？果儿给恩儿师傅一笔钱让他赶紧抓药治病，关照家人安排好生活。果儿问恩儿师傅，兰戏班人现在在哪里。恩儿师傅说，早些时候听人家说，在临汾，一个叫黑瞎子的煤窑……

　　这天，果儿冒雨赶到河津煤矿，打听问询了好几个矿工，都说不知道，只好去问窑主。果儿转了几圈，总算找到窑主。一个歪脖子窑主把果儿带到煤场边上几间简易工棚前，伸手指了指这些破烂不堪的工棚，脖子一转，说道："人都在里面。"

　　果儿推开门，站在门口，往工棚里一看，第一个看见吕树仁吕哥黑糊糊的脸上两只眼睛。

　　"吕哥！"果儿抹了一下自己脸上的雨水和泪水，喊道。吕树仁一怔，问："你找谁？你是谁？"吕哥皱紧眉头看着面前这个人，好像看一个陌生人，"你、你是——"

　　"果儿，"果儿看着吕哥的眼睛，说，"兰戏班果儿。"

　　女妖小小一听是果儿，好像看到了鬼，吓得牙齿上下打磕，嘴唇发抖，两只眼睛翻白。天星坐在地上，抬头看天，双手合十，嘴里念念有词："祸害，祸害……"

"哦，是你。"吕哥冷冷地看着果儿，说道，"你来做啥？"

果儿二话不说，上前一步拉着吕哥坐下来，把一包钱放在吕哥手上。吕哥冷眼瞟了一眼钱包，慢慢站起来，突然愤然一个转身把钱包扔到门外面；然后一把将果儿推到门外去，把门关上。门内传来吕哥嘶哑的声音："不会，不会原谅你！"

"操他妈的，"工棚里传出刚子粗暴的声音，"滚一边去！我死我活，不需要她来！"……

彪子在煤窑里听说有个叫果儿的兄弟来找他，死活不肯出来见果儿。果儿下到煤窑里把彪子一把拉出来。这时候吕哥、刚子、天星、女妖小小一起过来看彪子。果儿给彪子一笔钱，"拿着，"果儿看着彪子的眼睛说道，"回家做点小生意，好好过日子。"

彪子"哇"一声，蹲在地上号啕大哭。一边哭一边说那年兰戏班在后土祠品字形戏台演戏酬神，有人要果儿上台演娘娘戏好看，想办法照他说的做，彪子欠的赌债一笔勾销……

这时候，天星沉默了；女妖小小一把鼻涕一把眼泪；刚子和吕哥沉默了一会儿，开口说话——

"果儿，我们误会你了。"吕哥说。

"我他妈的是浑蛋，不是个东西！"刚子说。

"啥也别说了，我们是兄弟。"果儿说。

果儿把带来的钱交给吕哥，由吕哥分给各位。吕哥叫小小赶紧准备几个菜，请果儿吃个饭。女妖小小应声说"好嘞"，转身就去。果儿说:"不用忙,我跟彪子单独吃饭,有话要问彪子。"果儿叫吕哥和刚子抽空带大伙儿去看看恩儿师傅。接下来,果儿说兰戏班人的出路,回头让吕哥召集大家商量,自个儿拿主意。如果大家愿意来董平戏班,果儿回去跟班主说。董平戏班要人,东家人好,不亏待大家。

果儿跟彪子一起吃饭,没有旁人,果儿问彪子:"你刚才说那天夜里,有人喊你,有一个老乡来找你。那个喊你出去的人,是谁?"

"监台闷子。"彪子回答。"来的那个老乡,你认识他?"果儿接着问道。彪子摇摇头,说:"不认识。"

"不认识,怎么会借钱给你赌钱?"果儿问道。

彪子说:"我是借老黑的钱。"

"老黑?——老黑是谁?"果儿看着彪子的眼睛问道。这时候彪子一口饭噎住,打了一个嗝,说:"他,他是我老乡。"

"哪个是你老乡?"果儿追问道。"债,债主。"彪子嘴里一口饭咽下去,回道。

吃过午饭,果儿去见歪脖子窑主。歪脖子在吃饭,果儿开门见山,就说一句话:"今天我要把名单上这些人带走。"

"不行,"歪脖子窑主看了一眼名单,说,"人,不能带走。"

果儿问:"为啥不行?"

"不行就是不行,哪来那多废话!"歪脖子说。

果儿说:"今天我请你喝酒——"

"怎么说？"歪脖子窑主脖子一歪，问道。

"你喝得过我，我走。"果儿看着歪脖子的眼睛，说，"要是今天你喝不过我，我带他们走。"

"他妈的，跑到煤矿来喝酒，"歪脖子窑主一笑说道，"你跑错地方了。你跟我喝？好啊，我跟你喝！"说完，叫人拿酒来。

下酒菜来个花生米拌羊杂，两人喝了半个小时不到，已经三瓶白酒下去，一人一半对喝。歪脖子以为眼前这个青头，充其量一斤白酒到底；没想到这家伙喝酒，跟喝白开水似的。这时候歪脖子两只眼睛通红，脸红到脖子下面，自己心里有数，再喝下去，就是往死里喝，立马趴下。眼瞅着这个青头再开一瓶酒，歪脖子摁住酒瓶子，说："够了，不喝了。"

果儿二话不说，拿起酒瓶给歪脖子的酒杯满上，自己也满上，将酒杯推到歪脖子面前，看着歪脖子的眼睛，说道："喝——"

"不行，"歪脖子摇了摇头，说，"今天不喝了，明天喝。"

"不认，是不是？"果儿微微一笑，说道。

"不是，"歪脖子喘一口粗气，说道，"账还没清呢！"

"清什么账？"果儿问，"跟谁清账——"

"这个不用跟我说。"歪脖子耸了一下肩膀，说道，"你去跟债主说，跟老黑说。"歪脖子眼睛一斜看了果儿一眼，接着说道："走吧，留在这里挖煤啊！"

这天，果儿没走，在矿上过夜，和女妖小小睡一个床。半夜里小小突然惊醒，小声跟果儿说道："果儿，我向你认个罪。"
果儿一怔，听小小接着说道："那年后土祠庙会演《忠保国》，
当时小小在后台，在大家忙乱中有意添乱，看彪子把戏服搞错，
说果儿这会儿上场演《挂画》，没错，是穿红的戏服……"果
儿听小小说完，沉默了一会儿，轻声回了一句："睡吧，没事。"

"果儿，"女妖小小轻轻拍了一下果儿的手，说道，"当时我
想让你在舞台上出一次丑。没想到，后来大祸临头！小小是坏
人，该死……"女妖小小一边说着，眼泪汪汪看着果儿。

"小小别哭。"果儿握了一下女妖小小的手，说道，"小小不
是坏人。彪子也不是。我们是舞台姐妹，是兄弟。"

"明天我跟吕哥说这个事。"女妖小小抽泣了一下，说道，
"这个事，我从来没有跟别人说过，一直闷在心里。"

"好了，"果儿看着小小的眼睛，说道，"不用说。事情已经
过去了。今天，不是今天。"

第二天在回去的路上，果儿寻到荣河县庙前村，找到后土
祠监台闷子。闷子没有认出果儿，问果儿："有啥事？"

"大哥，我问个事——"

果儿进屋把两瓶陈年汾酒放在桌上，说道："那年后土祠庙
会酬神，有个戏班子出事，当场揭席。记得不？"

"哦，那个事，记得。"闷子看了一眼桌上的老酒，回道。

"庙会正日夜里，有个河津老乡叫你到后台口，喊兰戏班的
彪子出来，还记得不？彪子，你老乡找你！"

监台闷子一下子愣住，眼睛眨了几下，摇摇头。

"大哥，你再想想——"果儿说。

"哦，想起来了。"闷子摸了摸下巴，眉头一紧说道，"这会儿我想起来了。那个人是老黑的长随。"

"长随？"

"是。"

"老黑是谁？"果儿追问道。

"万泉钱庄的。"监台闷子嘴一撇，回道。

果儿离开荣河县庙前村直奔债主家，到了债主老宅门前敲开门要见债主。门人说，主人去大同办事了，大概要一个月之后回来。这时候，果儿回头看见一辆马车来到债主家门口，刚子和吕哥下车跑过来。果儿问咋回事。刚子说，他和吕哥想到一块儿了，说果儿一定会去那个狗日的债主家算账。吕哥怕果儿一个人去不行，就急着赶过来。果儿双手抱拳，说两位大哥，还有什么话说？不说也罢。果儿将手一让，请吕哥和刚子喝酒。

这天晚上三人喝酒，吕哥和刚子，两人一瓶汾酒对半分，果儿一个人喝掉一瓶。看着果儿一瓶白酒下去没啥感觉，吕哥说："现在的果儿，已经不是当年那个花旦了。""废话，"刚子跟果儿干一杯，再来一杯，说道，"现在的果儿，是果爷！"

这天晚上果儿把吕哥和刚子安排在晋南菜馆附近客栈住下，叫两位兄长住一晚，明天回去把煤矿的一些事了断。等一个月之后果儿把债主的事处理干净，两位大哥带其他人一起回到运城，先租个地方住下，再商量做长远打算。吕哥觉着这样蛮好。刚子有点担心果儿会不会一个人再去债主家？刚子提出，要不他明天留下来，先跟着果儿。一来果儿有个帮手；二来他想先去兰戏班原来的住地看看，如果那个房子和院子还空着，就还住那儿。吕哥说这个事听果儿一句话。果儿说行，就这么定了。三人分手后，果儿回到董平戏班住处，已经是夜深人静。

果儿推开房间门，惊讶得不敢相信自己的眼睛！一盏油灯下，杏儿坐在桌边低着头正在吃饼子。这时候听见动静，杏儿一转脸睁大眼睛一看，是"果儿"，扔下手上的饼子，一个跳跃蹦到果儿面前张开双臂搂住果儿，一面说道："想死我了。"

"杏儿，"果儿双手捧住杏儿的脸蛋说，"你，你怎么来嘞！"

"果爷，"杏儿嘴巴一嘟说道，"果爷好些日子没来嘞，妈妈叫我来找你。"

"这话说的，果儿听着就觉着好笑！"果儿一笑说道。

两人喜出望外，说话一直说到听见外面公鸡叫，才分头歪倒在床上，闭一会儿眼睛。

第二天早上，果儿叫醒杏儿。杏儿洗漱打扮靓丽，跟果儿一起出去吃早饭。

"吃啥？"杏儿头一歪，看着果儿问道。

"软麻花，"果儿嘴一努回道，"再给你来个大馒头夹辣子，美得很。"

这天上午，乔姐带儿子大宝来到戏班看演员练功排戏；大宝两只眼睛一瞄，伸手指到那边一个陌生女孩，眼神问娘。这时候乔姐已经注意到这个女孩在果爷屁股后面跟东跟西。果儿一转身看见乔姐来了，拉上杏儿走到乔姐面前。简短介绍之后，乔姐开心地叫杏儿："妹子，今天中午，姐请客，咱好好地招待一下西安来的漂亮妹子！"……

这天晚上，杏儿给西安写了一封短信报平安，信上写道：

> 妈妈，杏儿已经到了山西运城，找到了果爷。一切安好，请妈妈放心！杏儿会照顾好果爷，照顾好自己。告诉妈妈，我到了晋南和果爷吃的第一顿早饭，是软麻花和大馒头夹辣子，香，好吃！请妈妈问老宋好！
>
> 杏儿

乔姐走进果儿和杏儿屋里，看见杏儿写一手漂亮小楷，说杏儿姑娘，人漂亮，字也漂亮！果儿和杏儿异口齐声说，乔姐漂亮！乔姐问杏儿这书法谁教的？杏儿说妈妈请先生教的，自个儿天天读书练字，练了几年。

半个月后，杏儿收到西安蕴香苑妈妈的亲笔回信：

> 闺女，见字如见面：
> 得知杏儿安好，妈妈那个七上八下的心总算平静

下来，睡个安稳觉，饭也吃得香，吃得香死你！

　　妈妈想杏儿想得很，有时候半夜里醒来，没准儿
用手绢擦一下眼泪。老宋头儿听说杏儿问他好，开心
一笑，当天晚上喝酒，说杏儿姑娘懂事。蕴香苑庭院
里花儿正开，美得很。杏儿不在，妈妈一人赏花，可
见庭院孤身身影。古城西安美哉，来年春天有空回
来一趟跟妈妈一起喝茶赏花。是为期盼！代妈妈向
果爷问好！

22 寡妇遇上新问题

在过去的半个月里，董平戏班的人照常练功、排戏、吃饭、休息，一切按部就班。乔姐几乎每天带着儿子大宝来戏班看看；有时候兴起，乔姐带着宝贝儿子，拉上杏儿一起出去看戏。这时候大宝状态特别好。大宝眼瞅着杏儿姐姐，两只眼睛闪闪发亮，好像杏儿是天赐良药，一夜之间把大宝调理得脸蛋红红润润的，吃饭倍儿香，一觉睡到大天亮。乔姐特别留意，看着大宝出去就拉着杏儿的衣服，或者拉住杏儿的手。看样子杏儿非常喜欢大宝，两人好像姐弟一般，有时候感觉好像天生一对？

乔姐心里一闪念，回头私底下找老哈说说她的一闪念。大少奶奶的心思老哈明白，但是老哈并没有附和大少奶奶这个想法。老哈直言说不妥。乔姐问老哈理由。老哈解释道，就一句话：杏儿姑娘，毕竟是从青楼里出来的女子。进一步说，如果大少奶奶坚持要给小少爷大宝冲喜，雷家二爷和三爷，没准儿就会借这个机会挑事，拿这个事情大做文章。放在台面上说，对大少奶奶不利。老哈说可以推测，这个事办不成。弄到后来，皆不欢喜倒在其次；最重要、最要紧的是，大宝少爷年纪尚小，体弱，他经不住这一说、这一闹。"大宝少爷实在折腾不起啊！"老哈说。

乔姐听了，觉着老哈讲得有道理，点点头说道："好，这个事先放下不说。董平戏班的事情烦着呢。"

对于乔姐来说，儿子大宝让她整天担忧；董平戏班的段小七让她整天不省心。在这段日子里，段小七吊儿郎当一副无精打采的样子，早晨起来就哈欠不断，白天无所事事；到了晚上，人就往外面跑。听说小七几乎天天晚上到外面找女人喝酒解闷，也有打牌赌钱的事。乔姐找不到小七，找董师傅说话，叫他找个时间和小七好好谈谈，"不能这样下去，野马得收一下缰绳！"乔姐说。

这天下午，董师傅把果儿和小七喊到自己屋里。董师傅脸一沉瞟了小七一眼，一转脸对果儿说道："今天，我把你们俩叫过来，果爷，你看咋办？你，是不是要管管他？你要说话——"

"说啥？"果儿看了小七一眼，回道。

"我不要你管。"段小七朝果儿手一挥说，转身就走。走到门外面，转身又进来冲董师傅说道："我不要她管，也不要你管。"

这天夜里，段小七一个人出去了，接下来三天三夜不见人影。果儿跑出去四处寻找小七，最后在一家酒楼包间里找到他。只见小七醉眼迷离，搂着一个姑娘喝酒，"哎，没事儿，喝！"段小七凑着那个姑娘的脸说话，只当没看见果儿走进来。果儿走到桌边，一把将段小七从椅子上拉起来，说道："找了你三天！你知道不？你耽误了一场晋商堂会，你浑蛋！"

"演，演啥？"段小七一把推开果儿，说，"他，他腰闪了，还不让我演！我，呃嗳，呼唔，哦喔，哕——"段小七一阵头晕恶心反胃，忍不住一口吐在果儿身上……

先前这场晋商堂会，对晋商来说，极为重要。祁县瞿家大院瞿东家将一口怒气撒到寡妇班头上。"不是我说，"瞿东家看着董师傅的眼睛说道，"董平章，董师傅，先做人，后演戏，是不是？你、你们，把咱晋商的脸面丢尽了！还有啥诚信可言？"

董师傅站在瞿东家面前，感觉自己无地自容，嘴巴嚅动了半天无话可说。这会儿，想说啥，还能说啥？瞿东家一转脸，对乔姐说道："还有你，班主，我跟你讲好的戏呢？关公戏呢？"

乔姐一时无言以对。解释几句吧，都是废话；打招呼吧，这会儿还有什么屁用！乔姐眼睁睁地看着瞿东家脸色铁青发话：

"班主，乔东家，你说，我戏班有俩红生；你说，董师傅腰闪了，我还有演关公的人。——人呢，人呢？"

乔姐一脸羞愧难言，这会儿站也不是，坐也不是，愣怔着两只手捏来捏去，伸手摸一下茶碗，摇着头说道："我，我……"

"还想说啥，啊？"瞿东家看了董师傅一眼，再看乔姐，两只眼睛一瞪，手一摆说道："回去吧！"……

这回，乔姐气得不行，一口气闷掉不说话，回到住地连饭都不想吃。看见小帽，问道："小七人呢！给我去找！"小帽吓得一溜烟跑出去，找不到小七，也不敢给东家回话。这时候段小七晃悠晃悠回来吃饭，乔姐逮个正着当面质问道：

"小七！咋回事？那天讲好的，你来演关公，你自己说行！怎么后来人不来？为啥？为啥！"

"不让我演嘛。"段小七揭开水缸盖子，舀一瓢水说道。

"谁不让你演？"

"他。"段小七喝一口水，说道。

"谁！"

"董师傅。"

"放你个屁！"乔姐一口气爆发出来，说道，"董师傅腰闪了不能演关公，你不知道？"

"闪了。"段小七把葫芦瓢扔到水缸里，回道。

"知道，你还存心闹？"乔姐"啪"一下站起来指着小七鼻子骂道，"你浑蛋！你个驴粪蛋子臭鸡蛋，存心跟我捣乱，是不？没人买的德行，看我怎么收拾你！"

这天，轮到董师傅当众发飙，扬言立马清理门户，把段小七赶出董平戏班！此言一出，好像驷马难追。董平戏班有人为段小七说话求情，董师傅油盐不进，手一挥说："免谈！"琴师孟达私下找董师傅说情，老孟说："我说一句，董师傅，小七毕竟是您手把手带出来的。您大人大量，开恩，饶他这一回。""您别说了。"董师傅一口回绝道，"这人，不会好！"

当天晚上，乔姐单独请董师傅吃饭喝酒，为小七求情。董师傅三杯酒下去，口气好像稍微有点松动。乔姐趁热菜上桌，说："小七的事，你看，放他一马，给他个改正的机会好不好？""我，答应你就是了。"董师傅看着乔姐的眼睛，接着说道，"我说你一个女人家，不要啥事都抛头露面，有我嘛。"

"我知道。"乔姐说，一边给董师傅的酒杯满上。

"就是这个意思嘛。"董师傅说。

"小七的事，就这么说定了。"乔姐含笑说道，"自己的徒弟自己人，亲如父子，打仗还是父子兵。"

这时候，董师傅听乔姐说话，有意无意间伸手碰一下乔姐的手。"我会替你分忧解难。"董师傅说，"戏班的事，以后你不用操心，交给我就行。我是怕你累着嘛。"

"唔嗯，"乔姐沉吟了一下，说道，"戏班演戏酬神是大事，还是我来。"

23 不演也罢

一晃一个月过去了，段小七一副老腔调，还是我行我素，不见他有收敛。果儿看在眼里，心里想小七这样下去不行，得想个办法帮他一把，叫他不要乱来。有啥办法？

段小七软硬不吃，由着自己的性子到外面去寻欢作乐，花酒照样喝，女人照样搂。后来发展到有女人上门来看段小七、找小七；有单身女人来，也有女人结伴而来，搞得段小七应接不暇，不亦乐乎！这么一来，果儿开始出面挡客人。果儿微笑着客客气气将这些女人、女朋友、女戏迷一一请出去。也有坐下来赖着不走的，果儿叫人把她抬出去，放到门外自己走。"请你走你不走，鬼抬轿子你走不走？"果儿说。

段小七看见这一幕，一时怒从心头起，跑出来当众冲着果儿大声说道："果儿！你凭啥赶人家走，凭啥？！"

"不可以。"果儿轻轻一句回道。

"是人家来找我，不是我去找人家。"小七说。

"不可以。"果儿说。

"我是逢场作戏嘛，逢场作戏……"

"我不听你解释。"果儿看着小七的眼睛，说道，"不可以，就是不可以。"

"你算啥，我要你管——"

果儿手一压打断小七，说道："你到外面去找女人，女人上门来找你；人家主动也好，你逢场作戏也罢，一律不可以。"

"我不要你管！"段小七愤然指着果儿的鼻子说道。

"我懒得理你。"果儿抬手拍掉小七的手，说道，"小七，今天你听着，你想怎么着，我管不着。但是，你在戏班一天，你就应该有个唱戏的样子，就跟上战场打仗似的，不是你想跑就可以跑。"

"果儿，果爷，老子不怕你！"

段小七梗起脖子，两只眼睛闪亮看着果儿的眼睛，一口气提上来，接着说道："你他妈神气啥？老子不鸟你，去你妈的！"

"好，小七、段小七，"果儿微笑说道，"你有料，你有种，就上台演关将军——"

"你以为我不敢？"段小七眼睛一瞪，说道。

"敢——！"果儿厉声说道，"你敢——，就嘴巴上说？来，关公的青龙偃月刀提上来！来啊，段小七！你现在敢不敢当众

内室，老宅

舞一把关王十三刀给大家瞧瞧，给我瞧瞧，你行吗？！”

“我……”段小七一下子怔住，上牙咬住下嘴唇，闭了嘴。

“段小七，”这时候，果儿看着小七的眼睛说道，“小七，今天我来告诉你，你现在这个样子，你有什么脸上台演关公？”

“不演也罢！”小七说罢转身就走，一边走一边摆手说道，“不演也罢。”

“好，”果儿微微一笑，冲段小七身背说道，“不演也罢。”

这天吃晚饭前，果儿找董师傅说话。果儿拎着两瓶老酒走进董师傅屋子，说：“董师傅，今天请您喝酒，汾酒，二十年的。”

“好，果爷，一起喝一点？”

董师傅说着，将手一让，请果爷坐。果儿开门见山说自己今天来，为小七说个情。董师傅拿两个酒杯，打开酒瓶倒酒，听果爷把话说完，用一个手指头敲敲桌面，然后挠挠头皮撸一下头发，两只眼睛一闪不说话。果儿立马起身抱拳说道：“董师傅，小七，我担保他、我保证他今后好好演戏行不？下不为例！”

“好，”董师傅一个手势请果爷坐，然后说道，“今天我给果爷一个面子。回头你跟小七说，我董平章把他从小带到大，十几年养育不谈，就说他现在不把我放在眼里，就不能饶他。这回，饶小七一回。说清楚，没有下回！”

这时候，段小七一个人在自己屋里吃饭，小帽跑到小七屋里给他传话，说刚才他在窗外面听见董师傅和果爷的对话。段小七坐在小凳子上闷头吃饭，突然间站起来，将手上的饭碗砸到墙上一面镜子上，拉起来一脚踢翻小凳子。回头看了一眼墙上，那面镜子八分四碎。段小七感觉自己一点尊严也没有，还有什么脸见人！当天晚上，段小七背一个布包裹离开了董平戏班。

一个礼拜后，果儿四处打听寻找，寻到段小七的临时住处，问小七："咋回事，怎么说走就走，连个招呼都不打？"

"你来做啥？"段小七堵在门口，冷着脸冲果儿说道，"我不想见你，不想听你说话，不想跟你说话。"

"不说话也行。"果儿进门摘下帽子，坐下来说道，"你，可以唱戏——"

"唱什么戏？"段小七冷言回道，"现在有什么好唱的？唱你个鬼！这种戏班子，不是人待的地方。"

"那你就好好做人，好好演戏、唱戏。"果儿说。

"小七不演，不唱。去你妈的！"

"小七，"果儿站起来说道，"你天生就是吃这碗饭的，不应该因为耽误了一场晋商堂会，就断送了自己前程。走，回去！"

"我不走，你走。"段小七说。

"不。"果儿看着小七的眼睛说道，"你跟我走，现在、立刻、马上回戏班！这个事，没商量，由不得你。"

"你走！"段小七眼睛一闪说道，"我为什么要跟你走？我两条腿生在我脚下，我说了算，这个由不得你。"

　　段小七看果儿站着不动，"啪"站起来把果儿赶出去，随手关上门，一面说道：

　　"女人，不是个东西！台上不是，台下也不是。"

第四章

中盘

21 谁说了算

果儿看日历算好了日子和债主清账。这天早上，刚子来到董平戏班住地找到果儿，提出他跟果儿一起去债主家。刚子一想到班主兰笑生和兰戏班的遭遇，心里就火冒三丈，脸涨得通红说："那个狗日的，他妈的欠揍！"果儿说："刚子，冷静一点。现在去见债主，不必动气动粗，咱还钱清账就此了断。"果儿叫刚子先回去，把住的地方安顿好，过几天让兰戏班原班人马回来住进去。

刚子告诉果儿，原来的房子还空着，他已经租下来打扫干净了，置办了一些家具和生活用品。"好。"果儿拿出一些钱给刚子，说，"这些钱拿着备用。"刚子说："不要，先前给的钱足够费用支出。"果儿说："拿着，留一部分钱应急用。"刚子说："前几天和吕哥、女妖小小、天星、彪子他们一起去看望恩儿师傅。老恩现在已经可以下床走路了，一天吃两顿正常。"果儿叫刚子带两瓶好酒给恩儿师傅，说："老恩，要是他想喝酒了，他能喝酒了，身体就没事了。不过，还是要提醒他少喝一点。"

一切交代妥当，果儿送刚子出门，叮嘱刚子，说："你回去跟吕哥说，招呼兰戏班所有人，一个不落回来，咱老地方见！"

看着刚子离开，果儿回到屋里。杏儿正在写字，果儿叫杏儿待会儿看见董师傅，就说果儿今天请一天假，上午要出去一趟办一件事，中午不回来吃饭。杏儿放下毛笔，换一件衣服要跟果儿一起出去。果儿把杏儿摁在凳子上，说道："待在屋里写字背诵戏文，今天不许出去！"这时候，听见小帽在外面喊："果爷，有人找你！"果儿出去一看，是方平斋先生。方先生递上一封信，说是程贤志托他过来把这封信当面交给果爷。果儿拆开信件一看，有一张大德庄银票夹在信里，信上一笔行书写道：

果爷，如晤：

请收此银票，以备急需所用。顺颂时祺！

程贤志

这时候，果儿心里想程叔是啥也不说，帮人润无声。果儿对平斋先生说："程叔对果儿恩重如此，当何以报答？"方平斋说："果爷不必念叨程班主对你这么好。程贤志的想法，我知道，是上帝叫他来帮你，吾志方优，来日方长。"果儿说："程班主、程叔这样帮我，我心里实在是过意不去，叫我如何是好？"

"没事。"方平斋说，"以后果爷帮别人就是。程贤志怎么说来着，他说，你值得我帮。我有能力帮你。上帝叫我帮你。第一句就是说，你值得帮，不值得，另说。然后是我有能力帮你，如果我没有这个能力，要帮也帮不上啊。最后一句，平斋觉着最要紧！要不然你帮了人家，回头人家忘了，不记得了，你心里还指望着人家感恩、报答，人家啥都没有，岂不是自己把自己搞得酸溜溜？这个有啥意思？所以，是上帝教你帮助人，不为别的，就是帮一个人，这个人，是上帝的子民。"

"是。"果儿回道，"程果记住了。"

"果爷，"方平斋托了一下眼镜，微微一笑说道，"记住了，或者是忘记了，其实并不重要，没事儿，没关系。程班主程贤志，他不在乎这个。"方平斋顿了一下，接着说道："你知道程贤志，他在乎啥？"

"程叔在乎啥？"果儿看着方平斋的眼睛，问道。

"想知道？"

"是。"

"好。"方平斋"哈哈"一笑，说道，"程贤志他在乎的是，回头他一个人去教堂，跪在十字架面前啥都不说，听人家神父说，上帝保佑你！"

"是吗？"

"是。"

方平斋清了一下嗓子，看着果儿的眼睛接着说道："我方平斋，没有程贤志的本事，我做不到。不过有一点，平斋可以做到，西安老城厢大戏台随时恭候果爷，如何？"

"好！"果儿微笑回道。

"果爷，咱说定了。"方平斋拱手说道。

"是。"果儿抱拳回道。

果儿请方平斋先生在运城多住两天，一起吃个饭叙叙。方平斋说，他还要去一趟平遥办件事，办完事就回西安了。方平斋没有说他去平遥办什么事，果儿也没有问。明白人不需要说，心里明白就是。果儿送走方平斋，叫杏儿收好信件，然后到后院牵马出去，骑上快马直奔债主家老宅。

果儿走了一会儿，段小七来到董平戏班，碰见小帽，问："果爷在不在？"小帽说："刚才看见果爷一个人骑马出去了。"段小七接着问："去哪里？"小帽说："不知道，你去问杏儿。"段小七到果儿屋里，问杏儿："今天果爷去哪里了？"杏儿摇头说："不晓得。果爷只是说她今天上午出去办一件事，没说去哪里。"

段小七转身跑出去。刚子在半路上返回来，正好走进门，和段小七撞个正着。段小七问刚子："你知道果儿今天去哪里了？"刚子一愣，说："果爷一个人出去了？问你呢！"刚子和小七眼睛一闪一碰，刚子说："果爷去债主家了！"两人一合计，立马跑出去上马车去债主家老宅。刚子说："我来指路。"小七"哈"一声，说："还要你来指路？那个狗日的黑窝，我闭着眼睛都能摸进去！"

……

今天是好日子，果爷上门来还钱，债主感到非常意外。老黑满脸堆笑出来见果爷，难得一见老黑假客气变成了真客气。"哟，果爷、果老板，"老黑将手一让，"请坐，给果爷上茶！"

这时候，这个债主说话口气温和；在果儿的记忆里，那个记忆深刻、穷凶极恶、冷酷无情的声音好像一去不复返了。

"久违了。"果儿抱拳说。

果儿看了一眼主房，坐下来说道："今天来清账，拿回借据。"

"清账？"

老黑"呵呵"一笑，起身走到柜子前，打开柜子拿出一张借据一抖，亮在果儿面前，说道："看清楚，仔细看看。"果儿看了一眼印子钱利滚利的借据，说道："戏班，是班主的命，他不会的。"

"白纸黑字、手印。"老黑抖一抖借据，说道。

"把借据给我。"果儿伸手，说道。

"哼！"老黑冷笑一声，转身把借据放回到柜子里锁好。

"好。"果儿看着债主善变的嘴脸，微微一笑，说道，"今天，借这个机会，咱说道说道。对了，还有一笔账，"果儿停顿了一下，接着说道，"我听说，兰戏班的彪子，还欠你一笔债，我今天也跟你清了。钱，放在桌上。把借据拿来。"

"利息收了。"老黑手一挥说，"送果老板走！"

老黑的长随走过来，果儿瞟了一眼这个长随，觉得有点面熟。果儿端起茶碗，拿碗盖刮一下茶叶。"借据。"果儿放下茶碗，手指头点点桌面说道。只见老黑一个眼神，那个长随要来擒拿果儿。果儿起身一闪身，反手一挡长随的手臂。长随突然一拳打过来，果儿一个侧身避让，顺势一掌挡住长随第二拳。长随第三拳打中果儿脸部，果儿后退几步跌倒在地上，立即站起来。长随一个箭步上来想抓住果儿，果儿快闪转身飞起一脚踢中对手背心，他一个踉跄扑倒在茶几上，连人带几子翻倒在地上。

这时候对手突然清醒过来，刚才自己完全没有把这位果爷放在眼里，以为能手到擒来抓一个小猫似的，没想到丢了脸！但是这个长随，毕竟是一条精壮汉子，现在真的一对一打起来，果儿不是他的对手。几个回合下来，果儿有点招架不住。对手连连出招，拳打脚踢招招凶狠，突然一个拎包似的将果儿拎起来摔到地上，果儿一时爬不起来。这会儿老黑坐在一边喝茶看打斗，一个小厮走进来给老黑续茶。老黑一个手势，那小厮立马跑出去拿绳子过来给长随。就在这时，果儿一个就地翻身，一脚踢在长随裤裆上，接着起来一脚猛踹长随下巴！这一脚下去，只见长随的一颗牙齿从嘴里吐出来落在地上。长随伸手摸一下出血的嘴巴，一个猛扑将果儿摁倒在地，双手死死地掐住果儿的脖子——

就在这时，段小七和刚子从门外冲进来。刚子顺手操起一把椅子朝长随的后脑勺劈过去。段小七上去把果儿从地上扶起来，转身对付迎面扑过来的长随。老黑拿出一把长刀扔给长随，长随眼疾手快接刀，顺势上前一招滑刀划破段小七的手臂，快手一闪跟进一刀，段小七鲜血染红了衣袖。刚子一看暴怒，将一个瓷瓶砸到长随头上，那长随栽倒在地。段小七招呼果儿、刚子赶紧跑！三人一起夺门而出，跑到老宅外面上马车走人。

这回，老黑吃一闷棍，一口气咽不下去，放狠话说："要给点颜色看看，放血！回头找个机会给我下狠手！"

"是。"长随回道，一面朝地上吐了一口嘴里的血水。

第二天下午晚些时候，老黑家小厮到外面去转悠一圈回来给老黑传话，雷家寡妇已经放话出来，说哪个王八蛋，再敢动一下她戏班子的人，就把他扔进黄河洗干净再说！老黑一听，眉头皱起来想了想，对长随说道："且慢，暂时不要动手，看看情况再说。"长随问："为啥？"老黑手指头点点桌面，说："这个世道，做人要识相一点。有钱人对有钱人，在外面说话做事要掂量掂量，不能随自个儿性子轻举妄动。要不然，没事找事，自讨苦吃。"

董师傅得知此事，看见刚子，逮住刚子说话："兰戏班的人，是不是吃饱了没事做，在外头惹是生非！"刚子一听，立马回道:"啥叫惹是生非?那个债主他妈的欺负人,还不让人家还手?"董师傅伸手指着刚子说:"你以后少来董平戏班!"刚子随口回道:"来不来,果爷说了算。"

25 脖子上的刀疤

那天，果儿把小七送到他临时租的小屋里，已经过了吃午饭的时辰。果儿叫刚子去老街宣仁中药铺买药，顺带买几个大馒头夹辣子回来。段小七和刚子饿得慌，拿起大馒头就吃。这时候果儿不想吃，用酒给小七清洗伤口，敷药包扎。段小七一边吃馒头，看着果儿动作干净利索，问果儿这一套活儿在哪里学的？跟谁学的？果儿说早些时候她是跟班主兰叔学的。有一回，她一个人练"挂画"跳椅子轻功跌倒受伤，手腕和胳膊脱臼，兰叔帮她拍上脱臼，给她受伤的部位敷上草药，包扎好。她看在眼里，学会了。

"这一套管用，"果儿说，"我在军队里都派上用场了。连队里兄弟们有个跌打损伤，用上这一招，好使，见效。"段小七问果儿："军队是咋回事？"果儿一笑，说："这个，说来话长。"刚子好奇，问果儿："你打过仗没有？"果儿点点头说道："打过仗，在战场上往死里打，打得昏天黑地，都不知道跟谁打仗、我们为什么要打。"果儿给小七包扎，叫小七"别动！"接着说道，"今天出去，我们跟人家打，不糊涂，打得明明白白。回头想办法，把借据拿回来！"

先前段小七脱下内衣的时候，果儿已经注意到小七脖子下面有一个刀疤。果儿脑子里闪过母亲遗言，说果儿有个哥哥，脖子上有刀疤。这会儿，果儿没有对小七提及此事。果儿心里想，一个刀疤能说明啥？果儿想起来，强哥脖子下面好像也有一个刀疤。一个青年人脖子上有一个刀疤，不足以说明他就是自己的哥哥。果儿心里想，这个事如果今天当面跟段小七说了，又咋样？段小七会有怎样的反应？他怎么说？这是一个什么故事？不知道。这时候果儿心里没底，就当母亲这一说留在果儿记忆里，好像雾里看戏，戏中人乃性情中人，互不知情。

而此时此刻，果儿与小七、刚子已经是兄弟，好比果儿这会儿想起一起上战场的兄弟顺子、强哥和连长刀棍儿。今天果儿不知道他们生与死，如果这些兄弟还活着，他们现在在哪里？如果他们已经死在战场上，他们埋在哪里？不知道。知道了，又能怎样？不管怎么说，段小七、小七哥、刚子大哥就在果儿面前。这时候果儿心里想，今天就是今天，哥就是哥儿们！果儿叫小七待在家里休养几天。果儿每天过来检查小七的伤口以防感染，隔天换一次药，叮嘱小七："不可以喝酒！"

段小七私下跟刚子说："你看，果儿好像是小七的女人。"刚子神秘一笑，眼睛一眨，说："小七，果爷好像有个相好。""谁？"段小七一把拉住刚子，问："谁是果爷的相好？"

刚子只当没听见，把带来的包裹解开来，一件一件东西拿出来，一边说道："这是乔姐送的，这个是杏儿小妹妹送的，这个是果爷叫我买的。"完了，最后说一句，"果爷，不是你小七树上的果子。你想都别想。半夜里做梦想想也就算了，不要大白天做梦。戏文里怎么说，梦里不知身是客，醒来还是梦中人。"

这天，乔姐和杏儿、果儿过来看望小七。刚子和三个漂亮女人打过招呼，立马告辞。刚子走到门口，回头看了杏儿一眼；又向段小七一瞟一闪，转身就跑。段小七一脸诧异！

乔姐坐下来问小七："刀伤恢复得咋样？"

段小七说："好了。"

果儿说："好了，回去！"

段小七一愣，大口吸了一口气吐出来，摇摇头，说道："不想回去。"

"不回去，你想干啥？"果儿问。

"我想干啥，就干啥。"段小七回道。

"不想演关公？"果儿看着段小七的眼睛，问道。

段小七眼睛一闪，说："想！"

"好。"果儿看了乔姐一眼，一转脸对小七说，"回去，我们支持你演关将军！"

"乔姐，"段小七嬉皮笑脸看着乔姐，说道，"你说我咋样？还行吧，为朋友两肋插刀！"说完，瞟了果儿一眼。

"是啊。"乔姐微微一笑，说道，"所以，今天我们过来把小七请回去，咋样？你面子够大嘞！"

"董师傅咋说？"段小七问乔姐。

"说啥，"乔姐说，"不要管师傅说啥，自己的徒弟自己人，有啥说啥，小七不要往心里去。"

"是。"段小七点头道。

"就是这个意思嘛。"乔姐说。

"这就对了嘛！"果儿和杏儿对视一笑，齐口说道。这时候小七说："今天心情好，我要喝酒。"果儿摇头说："今天不可以。"乔姐说："喝酒，不行。"杏儿说："小七哥，不要喝酒。"段小七眉头一皱，说道："好家伙，这么多人管着，以后这个戏怎么唱？日子怎么过？还让不让人活？"

"好了以后可以。"果儿说。

"不懂，啥叫好了？"段小七看着果儿的眼睛，问道。

"好了，就是好了。"果儿回道。

26 这碗饭不好吃

果爷说，小七要搬回董平戏班。这天一早，刚子跑过来帮段小七搬家。"你说笑了，这算哪门子搬家？"段小七嘻哈一笑说，"临时住的小屋子空空如也，该吃的东西已经吃完了，没啥东西要带。再说，那天小七是背一个布包裹离开的，这会儿还是背一个布包裹回去，哪能叫刚子兄弟赶着马车过来帮小七搬家？开玩笑。"

刚子说："话不能这么说。人家搬家，人是最要紧的，要不然兄弟面子往哪里搁？两条腿走过去，不能。所以上马上车就对了。这叫，有请！"

"哦，有请——"段小七"哈"一笑，说。

"是，"刚子说，"有请，没有轿子没有马车，就差了意思。"

"怎么说，还差了意思？"

"是。"刚子接口说道，"小七，就是小七。这个谱，必须明摆着，不含糊。往后，要说起今天，段小七有一说，咱是角儿。一个角儿，就得有一个角儿的样子。知道不，老爷小姐，都是自己喊出来的。你不把自己当回事，别指望人家把你当回事。"

"对呀，"段小七说，"我把自己当回事儿，我把别人也当回事儿，不是吗？"

"这就对了。"刚子接着说道，"只是，不能把自己看得太高，平常平等待人就是。比如说今天，刚子过来帮小七搬家，请段小七上马车，把爷送到董平戏班，怎么说，都是咱哥俩体面不是？"段小七一听，拍了拍刚子的肩膀，手一挥，说："走！"

两人一路闲聊，段小七说刚子对小七脾气，咱俩合得来，要不，拜个把子？刚子哈笑说道戏班子不拜把子。要说拜把子，那天晚上果爷请吕哥和刚子喝酒，那天就拜了。果爷说，咱戏班子讲究兄弟情缘、姐妹情分。这么说，一个情字当头，缘分自然相连。这"情缘"二字，就是咱俩意趣相投，"哪怕是臭气，也他妈相投！"

"好！"段小七朗声说道，"刚子，回头请你喝酒，就咱俩。咱俩出去喝，喝个痛快，不能跟果爷说——"

"为啥？"刚子明知故问，看着小七的眼睛，说。

"她不准嘛。"段小七叹一口气，说道。

"你，不是伤好了吗？怕啥？"刚子微微一笑说。

"不是怕她，我怕她！"小七说。

"哦，是这样子。"刚子快马加鞭，一面说道，"果爷昨天跟我说，看住小七，小七这几天不能喝酒！"

"他妈的，有人管了。"段小七摇摇头一笑，说道。

"是。"刚子说。

"刚子，你说，有人管你，好还是不好？"

"小七，你说呢？"

马车到了董平戏班，段小七叫刚子进去坐坐，喝杯茶。刚子回道："不了。这会儿进去，不合适。"段小七问："啥叫不合适？"刚子说："果爷叫我这几天不要来董平戏班。"刚子说完就走。段小七一头雾水，不知道咋回事。

董师傅听杏儿说小七回来了，跑到门口，张开双臂迎接小七，好像父子久别重逢！说这时候两人泪眼相对，有点言过其实，但是，起码董师傅这会儿两只眼睛是湿润润的不假，要不然董师傅激动、高兴，心里舍不得如同儿子一般的小七，如何表达？舞台人生，就是有戏、入戏。

段小七好像被感动了，不，是有一点激动。小七激动得一时不知道对董师傅说什么好。小七嘴巴嚅动半天喊一声董师傅，接着再喊一声董师傅，就没别的台词，搞得董师傅也是没话可说，叫一声小七，跟着再叫一声小七，就算完成了父子般的相见。

这会儿，还是杏儿机灵通透，她一手拉着小七，一手挽着董师傅说说笑笑往屋里走。旁人一眼看上去，他们仨好像一家人，其乐融融。董平戏班的人，看了高兴！今天，大家本来就高兴，有一桌酒席等着，好好吃一顿，杀一下肚子里的馋虫！没想到吃午饭时，段小七说，他想一个人在自己房间里吃。这一说，惹得董师傅脸上挂不住。董师傅手一抬，说道："今儿一桌菜摆在桌面上，为小七接风。"段小七实在是不会做人，也不会说话。老话说，有人在场面上一句话把人说得笑起来，一句话把人说得跳起来。董师傅最不能接受的是，段小七在场面上说话，真的是不把董师傅一片真心诚意当回事。段小七当面说："我吃个大馒头夹辣子就行。"说完，转身就走。扫兴，无趣，没戏。董师傅没这个本事力挽僵局。董师傅在舞台上演关公有本事，可董师傅在台下就是对付不了段小七。这时候，杏儿悄悄问董师傅："小七有啥爱好？"

"有个屁爱好，"董师傅不假思索说道，"他每天要喝酒，一天到晚就是他妈的要喝酒！"杏儿一听，不敢再说话。

这天，果爷不在，乔姐也不在。这时候董师傅把一股气先撒到乔姐身上；完了，再撒到果爷头上。杏儿说："这几天，大宝少爷病得厉害，乔姐陪着大宝走不开，这会儿乔姐哪有心思来戏班一起吃饭。"这个，董师傅没话说；但是："果爷呢，怎么不见她人影？"

董师傅当着众人面，说道："小七，那天是果爷和乔姐一起去请回来的。按理说，果爷今天应该到场，没有理由不来，把接风的事扔在脑后边。有啥事，比小七今天回来重要？"董师傅把酒杯往桌上一蹾，接着说道，"杏儿，也是不懂事！整天跟在果爷身边，怎么不提醒一下果爷，今天小七要回来！"杏儿嘴巴一噘，说："果爷今天出去，有事要办。"董师傅拿起酒杯，看了杏儿一眼，又把酒杯往桌上一蹾，说道："她在忙啥？她有什么要紧的事情，今天非要出去急着办？"杏儿犹豫了一下，说道："果爷今天一早出去的，去太谷；不，去平遥——"

"去平遥？"董师傅眉头一皱，问道，"干啥？"

"还钱。"杏儿脱口而出说道。

董师傅问："还什么钱？"

杏儿说："票号的钱。"

"我的妈呀，"董师傅脸一拉，说道，"兰戏班人借钱还钱，借债还债，还有完没完！东家的钱，是不是都借给兰戏班还债了？"

"不是的。"杏儿摇摇头，说。

"闭嘴，"董师傅眼睛对杏儿一凶，说道，"你知道啥？你啥也不知道！"

"我知道，"杏儿看着董师傅的眼睛说，"还票号的一笔借款，果爷是，是——"

"是啥？说啊！"董师傅拿起酒杯喝一口酒，说道。

"不告诉你。"杏儿说罢，放下筷子站起来，走到门外面又回来，拿一个空碗扒些饭菜，端了出去。

这时候，段小七正在自己屋里靠墙倒立。看见杏儿端着碗走进来，小七以为杏儿要在他屋里吃饭，叫杏儿出去吃，吃完了，再进来。杏儿把碗放在小桌上，说："给你吃的，吃！"

"练功呢，"段小七"啪"一下放下倒立的脚，一转身说道，"吃个屁！我现在还好意思吃？"段小七拿一块毛巾擦擦手，随手把毛巾扔到脸盆架上，接着说道："现在，我要上台演戏，挣钱。不上台演戏，吃你端过来的饭？"段小七手一挥，说道，"端回去，去跟董师傅说，小七要上台演戏吃饭！"

"你自己去说——，"杏儿把碗送到小七手上，说道，"吃了再说！"

"不。"段小七伸手挡住那个饭碗，说道，"我不吃，实在是咽不下去！"

27 交易什么玩意儿

今天感觉好像有点不一样。董师傅吃过午饭照常午睡，人在躺椅上闭上眼睛，脑子睡不着，眼睛里全是风吹草低，不见牛羊。这时候董师傅心里琢磨着，待会儿怎么跟小七谈。

本来董师傅已经想好了，等小七回来，先吃个饭，回头找小七单独说话。没想到今天这顿接风饭小七不吃。不吃也罢了，问题是场面上闹得不愉快，大家都看在眼里。董师傅觉得自己无能，没有处理好自己和小七的关系，接下来话不好说。董师傅心里明白，自己要办的事最好是得到小七支持；至少，段小七不跳出来公开唱反调。其他人无所谓，什么乔姐，什么果爷，都没关系。董平戏班说到底，就是董师傅和段小七的戏班子。小七再怎么不听话、不服管，小七还是小七。小七从小是跟着董师傅长大的，学戏学艺是董平章一手带出来的。就凭这一点，董师傅自信小七是他的人，是自己人。这时候董师傅心里想，既然是自己人，那就找个机会和小七单独好好谈一谈。今天乔姐不在，果爷不在。董师傅想要不今天和小七谈，说谈就谈，今天的事不能拖到明天。

董师傅心里想着和小七谈，怎么谈？怎么说？其实，前几天董师傅已经做足了功课，私底下已经在运作；这会儿再盘算一下自己的计划是不是周全。这个计划集中到一个板鼓点上，就一句话：董某人要一脚踢开寡妇乔姐。这时候，董师傅脑子里闪过一幕：昨天他在悦来香茶馆和金府的人接洽，单独和金府管家老魏私下谈判做交易。老魏说："董师傅，想好了？"董某人说："我说话算数。"这个交易正如董平章心想事成……

这天下午，段小七光着膀子在自己房间里练功，小帽跑过来说董师傅请小七过去喝茶。段小七一愣，请小七喝茶？新鲜事，这是从来没有过的事。段小七穿上衣服，一面问道："董师傅怎么说？有什么事儿？"小帽摇摇头说："不知道，董师傅没说啥，就是叫您现在去喝茶。董师傅在他房间里等着。"

段小七没有想到董师傅今天请他喝茶，更没想到今天董师傅对小七的态度是一个大转弯、急转弯。董师傅一改过去以大做派压小七低头的做法，这会儿对小七，是相当温良恭俭让。董师傅将手一让，请小七坐，这是文章起头；接下来事必躬亲——

先给小七上个果盘，然后给小七泡茶。段小七看董师傅这回泡茶，讲究，先把开水倒入青瓷茶碗；稍等片刻放入一些茶叶，一面说道："这是碧螺春，明前碧螺春茶，采自江南苏州东

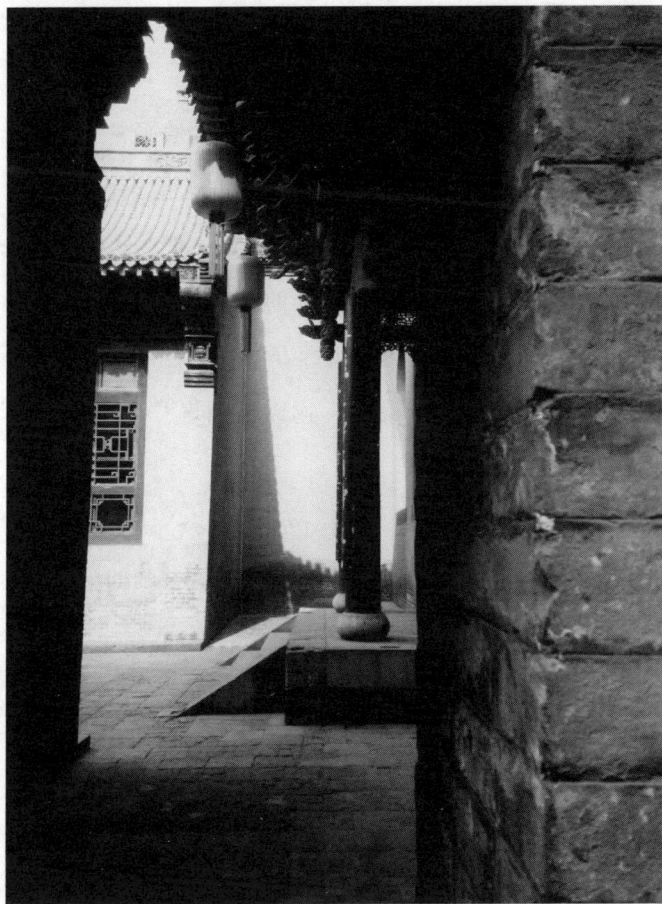

老宅

洞庭山，在太湖那边。我花了大价钱就弄到二两，一直藏着自己舍不得喝。"

段小七平时不喝茶，也不懂茶，就知道董师傅平常喝红茶；有时候嚷着他要喝白茶，而且指定说他要喝安徽白茶。这会儿小七有点好奇，眼瞅着董师傅完成一套泡茶路数，调侃说道："这碧螺春茶就这么招人待见？"董师傅把泡好的茶端给小七请小七品尝，接着说道："这个明前碧螺春茶，搁在从前是贡品，专供京城皇家享用。这种茶产量少，物以稀为贵，回头分一半给你慢慢喝。"

董师傅坐下来，将手一让，请小七品一下茶。段小七端起茶碗一闻，说："好清香！"喝一口咂咂嘴，看着董师傅的眼睛，说，"这是什么茶，怎么喝到嘴里不杀口？"

"烟抽第一口，茶喝第二开。"董师傅说。

段小七一笑，说："记得有一回去晋城演出，我在后台喝过董师傅的茶壶，那一口浓茶，杀口！眼下，这个明前碧螺春，碧绿生青不假，这嫩青嫩青的树叶芽子，是茶叶吗？"

"是，绿茶。"董师傅说。

"哦，绿茶。"段小七接着说道，"记得戏文里有这么一说，那个话怎么说来着，哦，想起来了，是'一器成名只为茗，悦来客满是茶香'。这会儿，屋子里好像有一点暗香。"

"是，暗香浮动。"董师傅说。

"不得劲，"段小七放下茶碗说，"咱还是喝酒，酒香不怕巷子深。"

这小子狗屁！董师傅心里想。看着眼前小七一副鸟样，董师傅心里很不爽，但是董师傅提醒自己，面上不能生气，要面带微笑说话，要不然今天这篇文章做不下去。好，绕一个圈子，董师傅引入正题，问小七："你，是不是急着想上台演戏？"

"是。"段小七身体坐直了，说道，"想，天天想！"

"好。"董师傅喝一口茶，放下茶碗，两只眼睛盯着小七的眼睛，微微一笑说道，"戏班现在需要钱。东家乔姐现在好像没钱投入董平戏班了。明天去见投资人。"

"乔姐知道吗？"段小七问道。

董师傅看着小七的眼睛，说："她应该知道吗？"

"果爷知道吗？"段小七看着董师傅的眼睛一虚，问道。

"果爷是外人，"董师傅说，"她迟早要离开董平戏班。你我之间有些话，不能跟果爷说。记住，这个事，绝对不能跟乔姐说。"

"我想——"

董师傅手往下一压打断小七说话："我知道你心里想啥。"董师傅说，"和新投资人谈成之后，以后董平戏班，就是我老董和你小七说了算。有些事，好说，回头再说。"……

这回，董师傅捞到机会和小七促膝交谈，把该说的、脑子里想好了要跟小七说透的意思灌进小七耳朵里。董师傅用一碗茶工夫把话说完，叫小七"考虑一下，明天再商议"。

段小七回到自己屋里，继续靠墙倒立，一会儿脑子里充血。他把刚才董师傅跟他说的话，从头到尾捋一遍，掐头掐尾去掉虚文，说白了就是两句话，一个意思：董平戏班现在需要钱，东家乔姐现在没钱投入董平戏班，明天去见投资人。

董师傅厉害，段小七心里想，小七是难以望董师傅项背。董师傅想得出来，也做得出来。段小七的脑子是真的不好使，小七不敢想，也做不出来。即便是小七想做，真的要这样做，这个事至少要让东家乔姐知道，让果爷知道，几个人坐下来一起商量，从长计议不好吗？现在，是董师傅一个人的主意，拉上小七上船，解开缆绳，将董平戏班撑开离开东家的码头，自己行船。行，还是不行，两说；说到底，其实也没啥不可以。董师傅有啥不妥？有什么错？这时候，段小七感觉自己的脑子忽然间清空了，好像一张白纸突然给人撕碎满天飞，好像是乱云飞渡……

段小七一时茫然，心里想有什么招？狗屁小七没招，也没那个本事。这会儿段小七想起来，戏文里怎么说来着？"青出于蓝而胜于蓝"是吧，青个屁！青头被蓝压着，青你个头啊！段小七记得清楚，那年在后土祠庙会看戏，董师傅对小七说过一句话："老子不死你红不了。"瞧，没戏。怎么着，当真？小七跟董师傅翻脸，从此一刀两断？小七心里想想而已，做不出来，就当董师傅"戏言"，你有什么办法，说说看？这么一想就一个办法好使，他妈的不去想这些事！撒尿随鸟转，撒到哪里是哪里。反正前面有董师傅，段小七后生、小子，你在后面跟着就是。

第二天晚上，段小七跟着董师傅来到晋南菜馆，在门口见到两位先生。董师傅手一抬，给小七介绍道："金兆然先生、金爷。金府管家魏生合先生。金爷，这是我徒弟小七、段小七。"金爷微微一笑朝段小七点一下头。老魏看了小七一眼，将手一让，说："老爷、董师傅，请——"

这会儿，段小七非常惊讶，原来是金爷以新的投资人身份出面宴请董平戏班董师傅和段小七。小七心里犯嘀咕：咋回事？董师傅怎么跟这位神龙见首不见尾的金爷搭上了关系？不，不是搭上一般关系，而是金爷介入董平戏班，是老板，不是吗？段小七突然间有点迷糊，他一下子搞不清楚董师傅葫芦里卖的什么药？不去管他，小七心里想，吃，喝酒，看戏；如果今天有戏，小七就是个座儿。

酒过三巡，段小七眼瞅着管家老魏拿出一张拟好的契约，放在桌面上推送给董师傅。小七喝酒吃菜，一面听老魏说："董师傅，该说的，先前在悦来香茶馆都说好了。董师傅想好了，说话算数。这是字据——"

"行，我签字画押。"董师傅放下筷子说。

段小七接着喝酒，一边夹菜往嘴里送，好像现在这个事跟他没关系。小七面无表情，一副无所谓的样子，继续喝酒吃菜，间或瞟一眼墙上贴的关公画像。这时候，金爷点上一支香烟，看了小七一眼。金爷不说话，金爷本来就不喜欢说话。段小七没想到这时候金爷嘴里冒出一个烟圈，烟圈里飘出金爷一句话："多加一条，小七一起干，给分红。"

这时候段小七听着没啥感觉，也没啥反应，两只眼睛一会儿瞄着墙上的关公像，两只耳朵听金爷接着说道："哎，小七，我来做个证人，帮果儿消除兰戏班那笔债务，如何？"

段小七一转脸看着金爷的眼睛，眼睛里将信将疑，好像是在等金爷接着说。金爷看着小七的眼睛，微微一笑，接着说——

"哦，还有，"金爷顿了一下，说道，"今天我答应你小七，给你一个机会，来年大年，荣河皇天后土祠，上品字形戏台唱戏演关公。"话音刚落，董师傅脸色一变喝一口酒，话到嘴边咽下去。

"好！"段小七朗声回道，"我，小七今天也答应金爷，为金爷唱戏挣钱，唱戏赚钱！"

"一言为定。"金爷说。

"说话算数？"段小七看着金爷的眼睛，说。

"绝无戏言。"金爷说。

双方达成交易，饭局结束走人。段小七在回去的路上，撩董师傅说话。董师傅板着脸一言不发，回到戏班住地蒙头睡觉。段小七本以为董师傅会冲他发脾气，斥责他在场面上不会说话，把今晚饭局搞砸。事实上，今晚这个饭局对段小七来说，求之不得。董师傅不认也得认，隐忍也得忍。要不然咋办？董师傅没事找事，跟金爷较劲扳手腕？当面说一句话否掉金爷金口，可能吗？这么一想，段小七心里快活无比，一路上哼着小曲走路飘飘然。回到戏班找酒再喝一杯，今晚一醉方休！

这时候，果儿过来找小七，有话要说。段小七拿起酒杯一口干了，抹一下嘴巴，对果儿说："我，可以帮果爷还清债务……"

果儿一听，将小七手上酒杯拍在地上，把小七拽到自己屋里关起门来说话——

"咋了，生那么大气！"段小七眉头一皱，说。

"你算啥，替我还债？"果儿冲段小七说道，"你这是投靠金府金爷！满嘴胡说八道，什么东西！"

"我是为你好，"段小七嬉皮笑脸说，"果爷，我是好意。"

"不，"果儿坐下来说道，"我不接受，我不同意。"

"不跟你谈。"段小七手一挥，说。

"我要谈，"果儿叫杏儿给小七倒一杯水，接着说道，"我要跟你谈，今天你把话说清楚——"

"说个屁！"段小七眼睛一瞪，站起来说道，"我、段小七，现在不想跟果爷说话；不想跟你说话。"说完，转身就走。

28 续命

第二天上午，果儿和杏儿去雷家看望乔姐和大宝。当天下午回来，见董师傅和段小七在院子里喝茶，段小七招呼果爷、杏儿过来喝茶。果儿说，她带回来两个消息：一个好消息，一个坏消息。董师傅叫果爷先说好消息。果儿把一张银票交给董师傅，说："这是乔姐昨天叫管家老哈去当铺，当掉自己全部首饰和陪嫁换来的银票，让果儿回来交给董师傅，用来支出戏班工钱和日常费用。"

董师傅接过银票，看了一眼数字，说："东家，这会儿才想起来给钱。早一点给不好吗？戏班等着用！"果儿看着董师傅的眼睛，接着说道："大宝情况不好，乔姐选好时辰让戏班演戏酬神……"

董师傅好像没听见，看了果儿一眼，拿着银票走了。果儿看着董师傅背影，摇摇头，微微一声叹息。这时候杏儿对段小七说："大宝看样子越来越不好。"段小七一转脸，问果儿："大宝咋啦，有什么办法？"果儿摇摇头，不说话。想了一会儿，说前几天她和杏儿去看乔姐和大宝，那时候大宝看见杏儿，眼睛里还闪出一点亮光；这趟去看大宝，大宝躺在床上，一点反应都没有。

对董师傅来说，今天是个好日子，好像一个乡下财主到了年底收地租。董师傅先后收到两张银票，一张来自金府金爷，一张来自雷家寡妇。银子到手，心中不慌。董师傅觉着自己心里一口气总算缓过来，好比一个人走到山重水复时，忽然间柳暗花明。董师傅没有对小七说他已经收到了金府送来的银票，更不会对果爷说这个事。段小七也没有跟果儿说董师傅的一番暗箱操作。董师傅的秘密行动，段小七不说，没人知道。这时候董师傅回到自己房间里想喝酒，一看屋里没有酒，叫小帽跑出去买两瓶汾酒。

整个董平戏班，现在除了果儿、杏儿，还有段小七，好像没有其他人在意东家乔姐这会儿是什么心情、什么状态。

果儿回到自己屋里喝口水歇一会儿，然后走到窗前看着窗外发呆：今天去雷家，在大宝的房间里，果儿留意乔姐神经绷得非常紧，神色间歇性高度紧张。当时果儿就感觉到乔姐内心承受着前所未有的巨大压力。乔姐，看样子已经绷到一个女人能够承受的心理极限！果儿心里想，有什么办法？无能为力，束手无策。现在除了安慰乔姐，果儿和杏儿还能做什么？"乔姐，"

果儿说，"今天我和杏儿留下来，轮流陪陪乔姐和大宝。""不要。"乔姐说，"待会儿你们俩先回去，把银票交给董师傅，帮董师傅管好戏班。记得，别忘了酬神。"果儿点头说："好的，我们按乔姐说的做，乔姐放心！"

事实上，果儿回来转交银票完事。现在董平戏班的事要听董师傅一句话。这天吃晚饭之前，董师傅叫小帽给果爷传话，说董平戏班演戏酬神，这个事果爷不要管，董师傅来安排。回头小帽单独跟杏儿说，董师傅不让果爷过问戏班的事，哪怕是日常安排、一件小事。今天晚饭吃啥；明天早上练功，上午排戏，还是下午排练。段小七正好走过来听见，从背后拍一下小帽的头皮："说啥呢，吃饱了，是吧！"小帽转身就跑。段小七对杏儿说："戏班的事，我就不操心，果爷操什么心？瞎操心，让董师傅一个人管就是。"

这会儿段小七和杏儿说话，说到兰戏班，杏儿告诉小七，今天去看乔姐，果爷本来想和乔姐商量一件事：果爷想把兰戏班的人合并到董平戏班。先前果爷跟吕哥、刚子商议过，用一块牌子两个戏班子可以同台轮演，也好分台演出。吕哥说蛮好。刚子说董师傅肯定不会同意。果爷说，她先跟乔姐聊一下；如果乔姐同意，再找董师傅谈。这次去雷家看乔姐和大宝的状况很不好，果爷觉着这个时候说不合适，以后有机会再说。

段小七听杏儿把话说完，点点头说："这个主意不错，还是果爷想得周全，可以试试看。这个事不急，回头再商量，从长计议。"说完，段小七晃出去买酒。

当天晚上，段小七和琴师孟达喝酒。老孟想探探小七，借酒说话问道："董师傅最近好像忙得很，经常出去，董师傅在忙啥？"段小七喝一口酒，说："董师傅忙啥，我怎么知道？他忙他的，不关我们屁事，我们喝酒。"老孟问："小七，你在忙啥？好像有心事，在想啥？"段小七回道："喝酒，想女人，还能忙啥？还能想啥？小七现在除了无聊，就是无聊。除了没劲，还是没劲，还是喝酒……"

两人喝酒闲聊，小七不谈董师傅的事，老孟也套不出小七嘴里的话。段小七喝醉了回自己房间，一觉睡到天亮。段小七没有给老孟透露董师傅和小七之间的秘密，正如小七在杏儿面前，只字不提什么事。第二天中午吃饭，老孟看见小七，当着大家面竖一个大拇指，说："小七，酒品好，没话说，是个人物，是个角儿。"吃过午饭，小七走了，一转眼杏儿听见老孟在背后跟别人说："你别小看小七！你看他，平时吊儿郎当一副无所谓的样子，大大咧咧的。其实啊，这小子比谁都坏，跟董师傅一个样，一肚子坏水，只是不随地流出来。你不知道，也不会知道董师傅和小七私下搞什么鬼！"

三天后，董师傅悄悄买了一处原来他看好的宅子，董平戏班没人知道。这个事，不知道雷家管家老哈是怎么知道的。

这天夜里，董师傅一个人在新买的屋里优哉游哉、有滋有味喝了半瓶白酒，好像不过瘾，把酒杯满上接着喝。这时候，听见外面有人敲门，董师傅开门一看，是乔姐来了！董师傅一惊，将乔姐让进屋，乔姐径直走到桌子边坐下。董师傅缓过神来睁大两只眼睛看清楚，咋回事？乔姐今天怎么突然变了一个人似的，一改往日那个强势、干练、泼辣的样子。只见乔姐低落、沉重、无措。董师傅感到非常诧异，一时半会儿不知道说什么话，不知道自己是坐下来好，还是站着。这时候董师傅醉眼看女人，屋里安静得好像可以听见彼此的心跳。董师傅心跳得厉害，脸红得像关公。

"要酬神嘞，"乔姐愣了一会儿总算开口说话，"我这个心，总是不踏实，心里不踏实。"董师傅赶紧给乔姐倒上一杯酒，压压惊。乔姐二话不说，拿起酒杯一口喝掉。董师傅再倒满一杯，乔姐接着一口全部喝掉。

"有我。"董师傅一屁股坐下来，说道，"我会帮你办好的。"董师傅一面说着，右手轻轻覆盖住乔姐放在桌上的手。乔姐的眼睛盯着董师傅的手。过了一会儿，乔姐突然抬头看着董师傅的眼睛，董师傅眼神一闪与乔姐对视。乔姐突然暴起一口咬住董师傅嘴唇，董师傅一把将乔姐拖进怀里，椅子被带翻在地上。这时候两人抱在一起情不自禁亲热，你亲我亲，亲得死去活来！董师傅一把将乔姐抱起来走进房间放倒在床上，迫不及待脱乔姐的外衣。董师傅看乔姐这会儿紧闭双眼，任他摆布，一不做二不休，动作利索扒掉乔姐内衣，立马脱掉自己身上的衣服，把一个美妙的少妇搂在怀里，好像天塌不下来！今天，天塌下来又咋样？

这天夜里，董师傅好像贼心贼胆俱全，浑身血脉偾张身不由己借着一股酒劲儿，把乔姐整得麻醉过去，昏昏然不知道今天是哪年哪月哪日哪个时辰。董师傅的戏唱到高潮后结束，这会儿意犹未尽还在兴头上，他不肯谢幕，继续登台演出，"日你妈的！"董师傅将乔姐从半麻醉状态中整得苏醒过来之后，又把她死去活来地麻醉过去。这是董师傅从未体验过的在舞台上表演得如此激情、亢奋、过瘾，满心愉悦，无与伦比。这时候乔姐美得好像从一幅国画上飘下来的仙女，董师傅怎么看都看不够，索性使出全部力量把眼下这个看不够的美妙女人，再次拥抱在自己怀里融为一体。这时候乔姐已经忘乎所以，听命于内心的人性呼唤，将整个身心投入一个男人的怀抱。她近乎于癫狂，直到彻底精疲力尽依偎在董师傅怀里。

在即日寅时演戏酬神、为儿子大宝续命时辰，雷家寡妇和董师傅睡在床上。不知道睡了多长时间，乔姐翻了一个身，睡眼惺忪问了一句："什么时辰嘞？""还早，"董师傅一把搂住乔姐，说，"没事，再睡一会儿。"

不知不觉天亮，乔姐呼啦一下掀掉被子，从床上爬起来赶紧穿衣服，急急忙忙地把董师傅的衣服带到地上。乔姐把董师傅的衣服捡起来透一下，有一张对折的纸落在地上，乔姐捡起来一看，立马推醒董师傅："起来！这是咋回事？！"乔姐看着老董的眼睛，问道。

董师傅睁开眼睛一看，一把将乔姐手上那张字据抢回来，一个鱼挺身坐起来，把这张字据塞到自己屁股下面。

"乔姐，你听我慢慢跟你说……"董师傅一面说着，拉住乔姐的手。乔姐咬住自己嘴唇，一句话不说，用力挣脱董师傅的手，转身就走。走到门口拿起一把扫帚扔到董师傅脸上，摔门出去。

董师傅赶紧从床上爬起来，光着身子追出去，一面喊乔姐。董师傅跑到门外头，又转身跑回屋里穿衣服。

这天早上，老哈在屋檐下看见大少奶奶匆匆走进院子，赶紧迎上去招呼大少奶奶，说："大宝，他、他……"乔姐看老哈脸色有点不对，忙问道："大宝怎么了？"老哈嘴唇哆嗦，说："少爷他、他是今天天亮前断气的。"乔姐一怔！突然间失控，声嘶力竭惨叫一声大宝，发疯似的跑进儿子房间，一头扑在大宝身上，一口咬住儿子的嘴唇吹气，一口气吹到绝望、绝倒。老哈上前扶大少奶奶起来。乔姐一把推开老哈，自己慢慢地站起来，伸开双臂张开双手，拖着沉沉的脚步，一步一步走出去。她走到主厅，走到院子里，走到院子中间，她双眼呆滞看着前面，看着雷家正门，然后朝天仰望，干号无语……

这时候，二爷雷启先和三爷雷启后从屋里走出来，走到正厅门口停住脚步。三爷看了二爷一眼，一转脸对站在院子里的几个用人说："愣在那里做什么？把这个疯女人赶出去！"

"慢！"

老哈上前阻止下人对大少奶奶动手，然后走到二位爷面前，说道："二爷、三爷，请求两位爷给大少奶奶一点体面。"

"说啥，"三爷眉毛一挑，说道，"你算啥？长房的一条狗，什么东西！别在三爷面前请啊求的，滚出去！"

"哎，老三，"二爷拍拍三爷手臂，说道，"不要这样，跟老哈说话客气一点。老哈以前毕竟是大哥的长随。"

"是。"三爷看了二爷一眼，一转眼对老哈说道，"要不是看在我大哥雷启顺的面上，你早就该卷铺盖滚蛋了。"

"我今天就走。"老哈双手抱拳说，"走之前，我多说一句，请善待雷家大少奶奶。"老哈说完，转身离去。

消息很快传到董平戏班。果儿、杏儿、段小七赶到雷家。果儿看见丫头小倩，问："乔姐呢？"

"一转眼，人不见了。"小倩说。

"去哪里了？"

"不知道。"

"管家老哈在吗？我要见老哈！"果儿说。

"走了。"小倩有点不耐烦，回道。

"走了？去哪里了？"

"不知道。"小倩说。

这时候，段小七在边上忍不住问道："你知道啥？"小倩看了段小七一眼，说："我不知道。"小倩说罢，转身跑掉。

这会儿，雷家主人不待见董平戏班的人，三爷叫人把董平戏班的人请出去。一个叫板栗的青头用人走到三爷身边，凑到三爷耳朵边叽叽咕咕，一面指指果儿，说："她，就是果儿。"

"哦？"三爷一听，想起来说，"是吗？是她？"三爷看了果儿一眼，一转脸问板栗："你确认？"

"是。"

"哎，板栗，你怎么知道，她是果儿？"三爷问道。

"三爷，您还记得常姨？"

"记得，我记得那个媒婆。"三爷又看了果儿一眼，说。

"常姨，是我舅妈。"板栗回道。

"哦，知道了。"三爷摸摸下巴，自言自语道，"人，长得不错嘛，美得很。"说完，看着董平戏班的人离开雷家。

果儿、小七、杏儿三人分头出去寻找乔姐，寻找老哈，找了好几天，没有找到人。有人传说，雷家寡妇跳进黄河了。有人说，雷家管家老哈去内蒙了。好像没人知道，也没有人说得清楚，这是怎么回事。这是一个谜。

那天，杏儿回到戏班，已经是黄昏时辰。杏儿看见小帽，眼泪汪汪对小帽说："乔姐跳黄河了。"小帽想了想，两只眼睛先后一眨说道："我知道班主去哪里了。"

"小帽你说，去哪里了？"杏儿问。

"不告诉你。"小帽说。

29 掌控

雷家二爷和三爷全面掌控雷家。第二天上午，二爷派人去董平戏班传话，叫董师傅来一趟雷家，办一下手续，解除雷家大少奶奶乔秀秀和董平戏班的契约，不再和董平戏班有任何关系。

董师傅说他不去雷家，叫小七去一趟。段小七说这个事，应该是董师傅自己去了断，别人替代不了。董师傅说不去，死活就是不去！雷家爱怎么着就怎么着，反正雷家寡妇乔姐已经不在了，这个事自然了结了，有啥好说的？没啥好说的，不说也罢！

雷家三爷听说董师傅是这个态度，立马叫人再去董平戏班，把董师傅请到雷家来，必须当面把一些话说清楚，在拟好的文书上签字画押，要不然董平戏班今后别想在外面舞台上唱戏！

雷家放出狠话，董师傅叫果爷出面去雷家打个圆场，就说董师傅这会儿没脸见东家，这个事由果爷代办。果儿看事情闹僵，不好收场，因此答应董师傅走一趟，但是话说清楚：果儿去打招呼，签字画押还是要劳驾董师傅出场亲力亲为。董师傅很不耐烦地对果儿说："你去摁个指印回来，不就完了。"果儿微微一笑说："今天董师傅这么相信果儿？要是果儿在人家拟好的那张纸上摁个手印回来，把戏班出卖给别人，董师傅也认？"果儿一句话说得董师傅心虚。这时候董师傅瞟了小七一眼，段小七脱口而出说："反正老板已经不是原来的老板了。""我是老板，"董师傅接口说道，"现在我是老板。""是吗？"段小七眼睛一眨，看了果儿一眼，一转脸看着窗外面，自言自语道："是不是，——好像是。"

果儿离开后，董师傅关起门来把小七臭骂一顿！小七不认为他刚才说的话有一点漏风。董师傅叫小七闭嘴，有些事要烂在肚子里。段小七不以为然，说："有些事，早晚人家会知道。"董师傅说："以后是以后，现在是现在。"董师傅警告段小七："以后不许再多嘴，要不然滚蛋！"段小七一听，跳起来冲董师傅说道："我，立马走——"

"不是。"董师傅一把拉住小七，让小七坐下，说道，"我不是这个意思。有话好好说，怎么说翻脸就翻脸？"

"啥意思？"段小七看着董师傅的眼睛，问道。

"我的意思，叫她走。"董师傅指指外头说。

"不行。"段小七跷起二郎腿，回道，"她走，没戏。她走，小七也走，一起走。"

"好好好。"董师傅稍一躬身说道，"我认你，还不行吗？"

"行。"段小七放下二郎腿，说。

"这就对了嘛。"董师傅看着小七的眼睛说。

"哦，对了，"段小七好像突然想起来有话要说，抬手挠挠脑门子，说道，"我有一句话——"

董师傅条件反射似的手往下一压打断小七，说道："不急嘛，有些事，咱回头再说，回头再说。"

从现在开始，董师傅完全掌控董平戏班，在金爷的扶持下，董师傅觉着自己如鱼得水，从今往后可以一展本人之长。接下来的日子里，董师傅每天翻看老黄历，最后选一个黄道吉日，召集董平戏班众人，有话要说。

这天上午，董师傅开场白说："今天，跟你们说两件事：从今天起，对内对外，叫董老板；还有一件事——这位是，我给董平戏班请来的承事，薛先生，薛仁贵的薛。"董师傅说完，将手一让，请薛承事说几句。薛承事嘴角一牵，朝众人点一下头，不说话。

这天，果儿和杏儿不在。昨天果儿向董师傅请一天假，去一趟万泉上母亲的坟，同时上兰戏班班主的坟。杏儿陪果爷一起去了。董师傅准假。段小七要跟果儿、杏儿一起去，董师傅不同意，两人为此又吵了一架。晚上小七喝醉酒，一觉睡过头。第二天早上起来，心里想吃过早饭跟果儿、杏儿一起走。小帽说果爷和杏儿已经走了。小七一听，回屋睡回笼觉，直到小帽跑过来喊醒他，说董师傅这会儿召集大家开会，董师傅有重要的事要说。

董师傅特别留意，今天他在说两件事的时候，段小七坐在角落里耷着脑袋打瞌睡。董师傅话讲完，众人散去。他走到小七身边，踢小七一脚。小七抬头看董师傅，董师傅身边一个陌生人，段小七不认识。董师傅介绍说，他是新来的薛承事。薛承事面无表情看着段小七，点一下头，然后跟着董师傅四处去转转。

当天晚上吃晚饭的时候，果儿和杏儿回来，董师傅给果爷介绍一下薛承事。果儿注意到这个人一只脚稍微有一点跛，走路有点一颠一颠的，如果不留意，外表看不出来。杏儿问："啥叫承事？"果儿说："就是戏班总管。"

隔天下午，不知道哪阵风把金府管家老魏吹来了。董师傅见到老魏，笑容可掬，将手一让，请老魏上座，喊一声"上茶！"小帽动作之快，一眨眼就端茶上来。老魏带来好消息，省城督府来电话，说阎长官点戏，点名要看晋南寡妇班，不，是董平戏班。

"好嘛，"董师傅两只手握着搓来搓去，含笑说道，"这个，董平戏班荣幸得很，全靠金爷帮衬！"

"是啊。"老魏拿茶碗盖刮一下茶水，说。

"魏爷，"董师傅顿了一下，从口袋里拿出银票放在桌面上推送给老魏，一面说道，"这个，我意思一下、意思一下。"

"董师傅，"老魏放下茶碗，收了银票，接着说道，"我说，这个有些事儿，不就是我家老爷一句话？"

"是，就是这个意思嘛。"董师傅点头回道。

这段日子里，段小七有点等不及了。有一天，段小七对果儿说，他不知道董师傅说的，有些事咱回头再说，这个回头到底是几时？何时？少壮几时奈老何！终于忍不住，小七掏心掏肺说自己一门心思要演关公，董师傅压着不让他演，他内心感觉压抑苦闷。果儿不说话，听小七说。这时候，段小七发急了说道——

"果爷，你听着，小七今天把话撂在桌面上，这么多年董师傅一直压着我，咋办？还有你，果爷，你在舞台上成功得很，是不是美得很？我妒忌，我不服，可以吗？说清楚，我不跟你果爷比，不跟董师傅比；小七跟自己比，现在的小七想比以前的小七好一点，行不行？今天，我要董师傅和果爷，你们给一个说法，我想上台演关公戏，演关公，怎么说？"

"小七，"这时候果儿开口说道，"关公不是某个人的关公，关公是大家的关公。"果儿喝一口水，接着说道："记得那天我跟你说过，我们支持你演关将军。就是这个意思。"

"我们？"段小七看着果儿的眼睛，说道，"现在乔姐不在了。果爷，你说话管用吗？如果不管用，哪来的我们！"

"不，"果儿说，"我支持段小七演关公。这个话，现在正儿八经提出来放在桌面上，就是我们支持段小七！"

"好，"段小七说，"董师傅在，我们去说，就一句话：行，还是不行。"

"不行！"董师傅一口回绝道。

"为啥？"段小七盯着董师傅的眼睛，说道，"今天，当着果爷面我要问个明白、问个通透，董师傅，为什么不行？"

董师傅微微一笑，说道："小七，你演赵子龙好得很啊，扮相俊美，功夫过人，看得台下许多女人的心都痴迷了，是吧？瞧，赵子龙穿的是银盔、银旗、银靠架，他使得一杆银枪，舞上舞下，如同银蛇一样，女人欢喜。有一位文人，他叫什么名字来着，记不得了。但是他送给段小七一副对联，我记得很清楚：唱腔萦迷老翁耳，扮相倾倒少妇心。但是，"董师傅喝一口茶，看了果儿一眼，接着说道，"小七你演关公，不行。"

"我觉着，行。"段小七说，"让我上台试一下嘛，大家看，就知道行还是不行。"

"不，不行！"董师傅连连摇头，说道，"关公，地位高，不是哪个演员想演就可以演的。小七，你演关公就是不行！"

"腰，不是闪了嘛。"

"闪了。"董师傅挺起腰板说道，"现在好了，好得很！"

"董师傅——"果儿忍不住开口说话。

"说啥，"董师傅把茶碗往桌上一蹾，打断果儿的话，看着果儿的眼睛，说道，"你算啥？董平戏班，现在轮不到你说话。"

董师傅端起茶碗喝一口茶，接着说道："果爷，今天我董平章叫你一声果爷。你，上台演戏吃饭。不想演，走，我不拦你。"

"好，"果儿一转脸看着段小七说，"小七，你也别说了，听董师傅话，咱好好演戏。"

"这就对了嘛。"董师傅放下茶碗说。

30 背后的背后（1）

董平戏班，现在一切按照董师傅的规矩做事，该做什么，不该做什么，董师傅怎么说，大家服从；吃饭、练功、排戏、睡觉，规规矩矩来，谁敢说一个"不"字，董师傅立马叫你滚蛋！

董师傅对果爷如此强硬，果爷在董师傅面前服软，董平戏班有目共睹。奇怪的是，段小七一夜之间也变得老老实实听话起来，和董师傅保持一致和谐共处。小七还是小七，人样子没变。但是小七换了一种态度。态度使人进步。董平戏班的人看到"进步"二字体现在段小七身上，同时也体现在董师傅身上。董师傅的最大规矩是："你听话就行，不听话不行！"老孟在背后跟别人闲聊时，说："小七是董师傅的左膀右臂，小七另说。现在你们自己看，果爷这会儿让董师傅三分；不，我看是让董师傅七分，全让了。果爷没戏。董师傅厉害不厉害？你不服是吧，你试试看！"

"服。"小帽应声回道。

"这就对了。"老孟接着说道，"听话，能干。这四个字，不能倒过来加一个'不'字。你他妈能干，不听话，行吗？董师傅要的是，一个个乖乖巧巧、服服帖帖，不能像以前段小七那样，在场面上肆无忌惮，不把董师傅放在眼里。董平戏班，有几个小七？现在你们瞅瞅，小七连大气都不敢喘一口，其他人还想咋样？"

现在的董平戏班最招人待见的是两个最听话的小人物：一个是杏儿，还有一个就是跑龙套的小帽。两人的区别在于：杏儿是讨人欢喜，小帽是让你满意。小帽有一个特长，或许其他人不曾留意：小帽明察秋毫、见微知著的本事叫你相信，任何时候都不能小看小人物，尤其是，不能看不起最不起眼的小人物。

这天吃过晚饭，杏儿逮住小帽说话。杏儿起头说道："小七和果爷，小帽喜欢谁？"小帽说："都喜欢。"杏儿接着又问："小七和果爷，董师傅最不喜欢谁？"小帽说："小七。"杏儿再问："董师傅最讨厌谁？"小帽一想，还是回答说："小七。"

"错。"杏儿说，"董师傅最不喜欢果爷，最讨厌果爷！"

"错。"小帽说罢，"嘿嘿"一笑，转身就走。

"回来！"杏儿上去一把拉住小帽，说道，"你说，我听你说错在哪里？"

"错。"小帽把杏儿拉到一边小声说道，"杏儿，我问你，小七有啥爱好？"

"喝酒？"

"错！喝酒是嗜好，不是爱好。"

"小七爱好啥？"

"想演关公是吧？"

"是。"

"果爷呢，也想演关公？"

"不知道。"

"董师傅的规矩，是啥？"

"不知道。"

"我知道，"小帽凑近杏儿耳朵说，"我告诉你，董师傅不怕果爷——"

"怕小七？"

"是。"

"我不相信。"

"不相信？"小帽"呵呵"嘴巴一翘，朝杏儿做一个鬼脸，拔脚就走。

杏儿回到屋里，一看果爷不在，又跑到小七那边，小七也不在。杏儿四处寻找，不见果爷和小七人影。按照董师傅的规矩，晚上戏班大门关上，任何人没有董师傅准许，不得外出！

杏儿跑到后院里看看马厩，马在，马在吃草料。杏儿感觉今天晚上有点奇怪，果爷呢？小七呢？杏儿想起来去问一下小

乡村宅院

帽。小帽也不在，没人知道小帽去了哪里。杏儿好奇心作怪，非要搞清楚咋回事。想起来，只有问董师傅。没想到，董师傅也不在。好了，杏儿想没戏了，回去写字，然后睡觉。

这天夜里月黑风高，一个蒙面人纵身一跃攀上墙头。这时候债主家老宅正屋门"吱呀"一声开了，从屋里走出来两个人。蒙面人借着屋里漏出的灯光，一眼认出一个是董平戏班新来的薛承事，还有一个是人贩子。两人说着话走进偏房。这时候，蒙面人趴在墙头上观察动静，等到正屋和偏房熄灯老宅院漆黑一片，蒙面人跳进院里，摸黑寻到那间屋里找到那个柜子打开，伸手一摸啥也没有。蒙面人随即原路返回。老宅外面有一辆马车在暗处等着，蒙面人跳上车悄然离去。

这辆马车把蒙面人送回到董平戏班。蒙面人翻墙跳进院子，这时候，段小七在屋檐下截住蒙面人。

"小七。"

"嘘——"

"你干啥？"

"与你不相干。"

"走……"段小七一面说着，拉住蒙面人往自己屋里走。这时候深更半夜，有一双眼睛正注视着小七和蒙面人……

这几天夜里，董师傅没有回来。没人知道董师傅的行踪，正如小帽神出鬼没，把这天夜里看见的一切藏在肚子里，烂在肚子里，小帽不说，董平戏班没人知道蒙面人和段小七的秘密。

第二天天亮之前，杏儿起来想喝水，睁开眼睛一看，果爷正在换衣服，杏儿好奇问道："昨天夜里咋回事？怎么不回来睡觉？"果儿转身，看了杏儿一眼，说道："不该问的别问。"杏儿说："果爷把杏儿当外人。"

"不，是局外人。"果爷回道。

太阳照样升起，董平戏班一切照常。早上，演员各自练功。果儿在院子里一套功练下来，小帽跑过来叫果爷，说门外有人找果爷有事。果儿出去一看，是刚子和吕哥。这天上午，董师傅不在，薛承事也不在，果儿叫刚子、吕哥进来坐一会儿。段小七练功正好结束，走过来打招呼，叫刚子、吕哥一起喝茶。刚子说，和果爷有几句话要说，说完就走。

昨天半夜里，刚子回到兰戏班住地，把马车拉到院子里解下套车，拿草料喂了马。这时候，吕哥在屋里等刚子回来。刚子一脸沮丧，吕哥问："借据拿到没有？"刚子摇摇头，说道："走了一个空趟，那个柜子是空的！"吕哥问："果爷怎么说？"刚子坐下来喝一口水，说道："昨天夜里在回来的路上，我和果爷说过一个想法，改天叫上兄弟几个拿下那个债主，逼他交出借据！"

这会儿，吕哥和刚子跑过来见果爷，吕哥想说服果爷，按照刚子说的硬来。果儿听吕哥把话说完，沉吟一下，说道："这样做恐怕不行，还是看机会再想办法，一定有机会有办法拿到借据！"吕哥说："好，听果爷一句话，见机行事。"

刚子和吕哥离开后，段小七和果爷喝茶说话。小七起头说："怪事！"果儿看了一眼杏儿正在练习舞台动作，对小七说："没事。"小七抬头看看日头，这时候太阳已经升到半空中，段小七清了一下嗓子，说道："今天咋回事？董师傅到现在不见人影子。还有那个新来的薛承事，头一天露了一回脸，人就不见了。奇怪不奇怪？"

果儿听小七说怪事，脑子里闪过昨天夜里债主老宅的一幕。小七接着嘀嘀咕咕说道："他妈的活见鬼，神神秘秘，鬼虚鬼虚的，什么人啊，王八探个头，贼眼一瞅，缩头缩脑的，什么玩意儿。"

果儿想起来，叫小七一起去找一件戏服，给杏儿穿上试试看，回头让杏儿学《挂画》的戏。两人说着话，一起走进存放道具戏服的屋子，这时候薛承事正在屋里翻柜子找什么东西。果儿随口问小七："下个礼拜去哪里演出？"段小七说："临汾。"

"长治。"薛承事忙着翻找东西，一边说道。

"长治？"段小七一脸诧异，接着问道，"去长治演啥？"

"《杀狗》。"薛承事头也不回，一边找东西，一边回道。

段小七问："谁说的？"薛承事没吭声，背着身子继续翻抽屉找东西，最后好像找到了。薛承事回头看了果儿和段小七一眼，随即匆匆离开。

这天晚上，董师傅回来，已经过了吃晚饭时辰。董师傅对小帽说他在外面吃过了。董师傅叫小帽把小七和果爷喊过来，他有话要说。一会儿果儿和小七来到董师傅屋里，董师傅叫小帽泡茶，一面对小七说，下个礼拜他要去一趟省城太原有事要办。段小七眼睛睁得老大，说："咱戏班，下个礼拜不是要出去演出吗？"董师傅端起茶碗喝一口茶，看了果儿一眼，说道："这回出去，小七带队，小七也该历练一下了。"果儿说："小七带队，董师傅放心？"董师傅微微一笑，说："果爷跟着去，有啥不放心的？"这时候果儿想起来，跟董师傅开一句玩笑："董师傅，您还是不是班主？"

"啥意思？"董师傅说，"你想说啥？""没啥。"果儿微笑说道，"随口问一句。""谁说董师傅不是班主？"小七说，"这回出去演出，董师傅不去，我们听谁的？谁说了算？"

"我说了算。"董师傅手指头点点桌面，说道，"我让你小七带班，就是我说了算。"

段小七问："薛承事去不去？"

"去，"董师傅看了果儿一眼，说道，"这趟演出，薛承事跟你们一道去。"果儿和段小七对视了一眼，说："刚才，薛承事已经说了，这次去长治，演《杀狗》。"

"是，就这么定了。"董师傅回道。

这回，董师傅悄悄地办事，瞒住所有人，连小七都不知道董师傅花了一笔银子从窑子里赎回来一个小女子，把她安顿在自己新买的宅子里两人过小日子。那个小女子叫凤伶，原先是董师傅的一个相好，外头没人知道。眼下，凤伶姑娘如愿从良，跟了一个真心待她的老董。董师傅有小凤伶相伴，啥地方都不想去。

董平戏班这次去长治演出，果儿有心留意，出发前、有时候在半路上，戏班会多出来一两件行李箱子和包裹。

中途，到了一个住宿点，或者是最后到了目的地，那几件行李箱包消失得无影无踪。果儿暗中查问，一问，众人都摇头三不知。好像没人关心这个事，没人知道咋回事。一个月之后，董平戏班原路返回运城，在半路上遇到蒙面土匪拦路抢劫。

这回董平戏班出发前，果儿带了两件预先准备好的道具，是两件真家伙，一把利剑和一把快刀。马匪出现时，果儿眼睛一闪，迅速把刀拿出来扔给段小七，自己抽出那把剑，回头叫小帽保护好杏儿，其他人不要硬来，往后退！段小七看了一眼手上的那把刀，一转眼问："果爷，关公大刀呢？"果儿说："土匪上来了！"段小七立马上前用自己身体挡住果儿。果儿叫小七："闪开！"两人并肩应对上来的马匪；这时候小帽捡起地上的两块石头，护着杏儿往后退，一边说道："杏儿，捡石头，捡大块的给我……"

没想到这帮土匪冲过来好像无心打斗，呼啦啦围上来搜查车上的行李包裹，发现有烟土！土匪头目说："拿下烟土，撤！"

土匪离开后，果儿检查戏班人头，薛承事不见了，老孟不见了。段小七说："他妈的，没看见土匪绑人啊，咋回事？"果儿说："找！"杏儿说："好像看见薛承事跑了。"这时候小帽发现老孟趴在马车底下，喊了一声"孟师"！

老孟从车底下爬出来，尴尬一笑，说道："刚才眯了一会儿，有点犯困，昨晚没睡好。"天晓得老孟看见土匪，吓得一头钻到马车底下躲藏起来。这会儿一看土匪已经走了，大伙儿没事，老孟拍了拍身上的尘土，一转脸对段小七说："走，今晚到高平大阳镇裴家十八院喝酒，压压惊！"

段小七说："今天这么一闹腾，丢了一个人，还想喝酒？"老孟回道："喝点酒壮胆嘛，回头再碰上土匪，咱不怕！"

果儿说："老孟说得对，今晚喝酒，为啥不喝？到了裴家十八院我请孟师喝酒！"老孟一听，竖一个大拇指，说道："还是果爷善解人意。果爷，英雄气概！"段小七接口说道："小七是狗熊，是不是？"

"不，"老孟眼睛一眨，回道，"小七是英雄无双！咱董平戏班，有几个小七？果爷，您说是不是？"

"是。"果儿回道。老孟避开果爷眼睛，一转脸招呼大伙儿："走吧！这鬼地方没饭吃……"

果儿叫大家分头四处寻找薛承事。土垛子后面、灌木丛里，找了半天，该找的地方都找了，还是不见薛承事，只好作罢。

当天晚上到了泽州县大阳镇，在裴家十八院住宿。裴家十八院是明朝嘉靖年间尚书裴宇及其后人官邸。主人裴盛请董平戏班多住几天，到中院唱堂会。段小七出面婉言谢绝，说戏班丢了一个人，住一晚，明天一早起来赶回去。

这天晚上喝酒，老孟当着果爷面说："今天小七一句话，放掉了一个挣钱机会。回头董师傅知道了，怎么说啊，这不是没事找事回去挨骂吗？"段小七说："骂个屁！人丢了，骂谁？骂小七，骂果爷，骂你老孟？在裴家十八院唱个堂会算啥？要唱，上后土祠品字形戏台高台唱，才稀罕！这会儿，他妈的还有什么心情唱堂会！"老孟看了小七一眼，说："果爷，您看，这堂会要不要唱？"

果儿想了想，说："小七说了算。"老孟一听，没戏，话头一转说："薛承事咋回事，他是不是真的跑了？他跑到哪里去了？""不去管他。"段小七说，"我们几个管不着，是他自己跑掉的。回去跟董师傅说，让董师傅看着办。"果儿说："现在不谈薛承事，我们喝酒。孟师，我敬你一杯；小七，你也敬一下孟师。"

老孟一口干掉，倒上酒，双手端起酒杯起身回敬，一面说道："这趟出来，全靠小七和果爷关照。这回，孟达丢人现眼，请二位爷包涵、包涵！"说完，干掉酒，连连拱手。段小七一笑，说道："老孟这话差矣，谁不怕有刀有枪的土匪？小七怕，第一个怕！看见土匪上来，果爷给刀，那时候小七还在想，他妈的活见鬼，关公的青龙偃月刀呢！要是关公大刀在手，胆子会大一点。"

"我也是一个怕呀，"果儿说道，"你看那伙儿土匪，人高马大的，一副穷凶极恶的样子，我们几个唱戏的，不是他们的对手。你说咋办？如果是我一个人路上遇见土匪，我撒腿就跑，往死里跑！土匪追得上，算他狠；追不上，果儿运气好。"

三人边喝边聊，好像酒逢知己，话也投机，一个时辰，两瓶白酒见了底。老孟微醺，刹住，不喝了。段小七还想接着喝，果儿拦住小七，说："明天早起，赶路。"

两天后，老黑到金府交差通报董平戏班回来了。金爷看了老黑一眼，点点头，一个手势示意老黑坐，喝茶。管家老魏问老黑"情况怎么样"。老黑随口说道："回头去问问情况。"

老黑若无其事喝茶，一边和老魏说闲话，这时候薛承事匆忙走进来，说："金爷，出事了！"

"啥事？这么慌张！"老魏看着薛承事，问道。

"货没了。"

薛承事看了管家一眼，一转脸看着金爷，接着说道："在半道上碰上土匪……"老魏一愣，一转脸问："老黑，咋回事？"

"不知道啊。"

"你没听见？"

"哦，碰上土匪，有啥办法。"老黑两手一摊，说道。

"哦？"老魏眉头一皱，斜着眼睛看老黑。老黑避开管家老魏犀利的眼神，一转脸看着金爷。

金爷不说一句话。他坐在书桌正中位置闭目养神，左手胳膊肘搁在书桌上，左手大拇指托着左边脸腮，整个脸部微微向左边歪着，那只优雅的左手，一个文雅的食指，轻轻地、缓慢地，来回抚摸、触碰着右面脸腮。隐约可见，金爷的嘴唇微微嚅动着。过了一会儿，金爷揉揉眼角，揉揉太阳穴，然后伸手拉开书桌抽屉拿出一本账册，手一甩扔给老魏——

老魏接过账本，说道："老黑，这笔账给你记上。"

31 背后的背后（2）

董平戏班回来后第二天，果儿叫杏儿去一趟兰戏班住地，把刚子和吕哥约出来见面，地点选在城南池神庙。杏儿心血来潮，出门之前换一身男装，说是问小帽借来的。果儿说："不好，还是杏儿原来穿的衣服好，一个美哉美哉的杏儿，怎么弄得像个跑龙套的！"果儿叫杏儿把衣服换下来。这回杏儿不听果爷话，对果爷说："不，杏儿就是不换！"杏儿照了镜子转身就走。

刚子、吕哥、杏儿三人一辆马车赶到城南池神庙，果儿已经在那里等候。果儿见到刚子和吕哥，开门见山长话短说，说一个秘密行动，分着说两个要点：第一点，现在必须抓住一个好机会拿下董平戏班新来的薛承事，和薛承事背后的老黑，就是那个债主。他们是一伙的烟土贩子、人贩子。抓住这个把柄，让债主老黑交出班主的借据。第二点，果儿停顿一下看着杏儿，说："要杏儿出面找一个人帮忙，要不然这个事没把握，没准儿会办砸。”刚子问杏儿帮啥忙，果儿叫杏儿自己说。杏儿嘴巴一噘“哼”一声，说道:“现在，不把杏儿当外人了？”

“谁把杏儿当外人？”刚子问道。

“问果爷。”杏儿说。

“谁？”吕哥问杏儿。

“是果爷！”杏儿把小帽拿下来捏在手里，说道。

“呵，”果儿微微一笑，说道，“谁把杏儿当外人，谁就是小帽。杏儿，说正事——”

杏儿说这回跟戏班去长治演出，有一天下午，她一个人偷闲溜出去逛街，在庙道街城隍庙遇见一个熟人。那天晚上杏儿回来告诉果爷，那个人是军官，杏儿在西安时和他有过一面之交。他来过一趟蕴香苑，要见杏儿姑娘。妈妈准许他和杏儿见面喝茶，妈妈在边上陪着一起喝茶。这次在长治两人偶遇，他说他在省城太原督府任职，这趟来长治为督府长官办事。他身边有一个勤务兵，叫他郝副官。郝副官晚上请杏儿上馆子吃饭，杏儿说晚上有事，就找个茶馆喝茶。郝副官邀请杏儿有空去太原玩，一切他来安排，包杏儿玩得开心满意。

杏儿说完，刚子和吕哥看着果爷，问果爷怎么说。果儿眼睛闪烁看着面前的两位兄弟，说董平戏班回来要休整十几天，杏儿和刚子跟果儿去一趟太原，会一会那位郝副官，当面谈。如果郝副官肯帮忙，那就分头行动！刚子问果爷要不要叫上小七。果儿说不，不让小七掺和进来。果儿叮嘱吕哥，回去要封住这个事，不能让其他人知道，人多嘴杂，保不齐走漏风声。果儿叫刚子备好马车，次日一早动身。果儿叫杏儿回去就让小帽转达董师傅，明天果儿带杏儿出去一趟散散心，去晋中晋阳，拜访一位晋剧前辈，取点经，学点中路梆子戏招数回来。

段小七听说果爷和杏儿要出去散心，嚷嚷着要跟她们一起去。董师傅不准小七请假。段小七脸一拉，问道："为啥不准小七请假？"董师傅一哂，说道："两个小娘儿们出去，你一个爷们跟着去干啥？"

"果爷不是爷们？"段小七顶了一句。

"此爷，非彼爷。"董师傅说。

"爷们和爷们，不是一样嘛。"段小七说。

"一样吗？"董师傅眼睛一斜看着小七，说道，"把衣服脱光了，两个奶子一个带花的，一个带把的。亏你还逛过窑子！"

"我喝过花酒，没有逛过窑子。"小七说。

"是吗？"

"是。"

"有人信，反正我不信。"董师傅说。

"董师傅，您也逛过窑子？"小七眼睛一闪，问道。

"没大没小。"董师傅瞟了小七一眼，转身就走，一边走着说道，"我演关公，每天沐浴、焚香、打坐、吃斋，不近女色。"

"关爷，圣人也！"段小七冲董师傅背影，跷一个大拇指说。

果儿、杏儿、刚子一行三人到了省城太原的当天晚上，果儿叫杏儿写一封信，次日上午送到督府门卫传进去交给那位郝副官。杏儿照果爷说的意思把信写好。完了吃饭，早些休息。这天夜里，杏儿做了一个梦。杏儿、果爷、刚子哥三人到了西安，杏儿急着要去蕴香苑看望妈妈，拉着果爷一起去，今天非去不可！要不然，果爷要办的事，杏儿不管了。果爷对刚子说，杏儿变了。杏儿现在变得不听话。杏儿现在腰杆子硬，背后有人撑着！

"谁？"刚子勒住马车缰绳，问道。

"郝副官。"果爷看了杏儿一眼，回道。

这时候，马车已经到了蕴香苑门口，杏儿跳下车直奔蕴香苑花厅。杏儿不敢大声喊妈妈，一路小跑一头撞见老宋！老宋吃惊得不敢相信自己的眼睛，一时也忘了说客套话，立马带杏儿去见妈妈。

妈妈看见杏儿突然出现在面前，情不自禁流下眼泪，母女俩抱在一起，这时候不知道是哭还是笑，反正笑比哭好。妈妈用手绢擦掉眼泪，抬头看见果爷站在面前，妈妈眉开眼笑，好像是姑爷今天回门。妈妈叫一声老宋，赶紧准备一桌酒席，今晚咱不喝点酒，果爷你别想走！果爷拦住老宋，对妈妈说今晚不能在这里喝酒，有个兄弟在外面等着，有要紧的事要办；回头找时间再来看望妈妈。

妈妈顺了果爷的意思。妈妈和老宋把杏儿和果爷送到门外。

杏儿从马车上拿出一个小包裹，这是杏儿送给妈妈吃的东西，晋南麻花和大馒头夹辣子。果爷送一块丝绸面料给妈妈。果爷说，这是班主乔姐以前送给果儿的一块料子，专门叫人从江南苏州带回来的，果儿一直放在箱子里，留个念想。

第二天上午，督府中校郝副官收到一封信，勤务兵报告说："外面有一个漂亮女学生，叫我马上转交给郝副官，交给长官！"

郝副官看信封上毛笔字写的：郝副官亲启，杏儿。郝副官问勤务兵："人呢？让她进来！"勤务兵说："走了。"郝副官摆摆手，嘀咕道："人漂亮，他妈的字也漂亮！"

这天下午三点，郝副官来到太原钟楼街晋阳茶馆见杏儿；杏儿引见果爷，两人见面一愣！

"连长，郝勇，刀棍儿！"果儿突然惊奇地喊道。

"哈——，果子老弟，果子老乡！是你啊，你还活着？！"刀棍儿张开双臂爆发出一声惊叹！

"连长，你没有死？"

"还活着！"

果儿一把拉住刀棍儿坐下来说话，接着问道："阿顺顺子呢，还有强哥他们呢？"

"死了，都死了。"刀棍儿摘下帽子放在桌上，一面说道，"我命大。杏儿姑娘，果子老弟救过我一条命！"

"郝哥，来，喝茶。"杏儿说，"今晚请郝哥喝酒！"

"我请客！"刀棍儿手一摆，说道，"这回，我要好好请请果子兄弟！"

"好，今天和连长喝酒，"果儿看着刀棍儿的眼睛，说道，"也给死去的兄弟们敬个酒……"

"应该，应该敬酒！"刀棍儿一个倾身看着果子说，"现在先说事，果子老弟，啥事？说吧，啥事你不好办，我来帮你办！"

"……连长，"果儿顿了一下，接着说道，"这个事，就是这么回事儿……"

一个礼拜后，老黑的长随报告金爷，说现在军方有人在追查烟土的来路去向。金爷听着，手里正摆弄着一杆象牙嘴烟枪。长随报告完，金爷慢慢地把烟枪放在桌上，一个手势，长随转身出去把管家老魏请过来。

"老爷。"老魏看着金爷，等金爷说话。金爷拿起桌上的一杆烟枪，想了一会儿，两只手用力折断了手上的烟枪，说："去，干净一点。"老魏看了一眼折断的烟枪，说道："他以前出过不少力，是不是先留着？还有点用——"

"不。"金爷手一挥，说，"断尾，快去！"

"是，老爷。"

老魏离开后，金爷写了一封信，叫长随明天一早动身去一趟西安，把这封信当面交给老朋友，西安军统站站长钟子宣。

这天夜里，薛承事开门一看是管家老魏，嘴角一牵朝老魏点一下头。老魏瞄一眼屋里面，和薛承事对一个眼神。薛承事引老魏和手下人进屋。老黑抬头看见管家，连忙起身将手一让，请老魏坐，叫薛承事上茶。这时候冷不防背后有人下黑手，一刀捅进老黑腰部，接着补刀——

就在这关键时刻，果爷、刚子、吕哥三人突然冲进屋子解救老黑。三人动作之快，出其不意，吕哥把老黑背起来就往外面跑；果爷和刚子，一个持剑、一个拿刀和对手打斗，两人边打边撤跑到老宅门外。老魏带人追杀出来，这时候刀棍儿带兵已经在老宅外面等候，军车打开车灯直射老魏、薛承事和手下人，刀棍儿一个手势乱枪齐射全部击毙，跟进补枪，不留一个活口。

果儿走到老魏身边，这时候老魏躺在地上的血泊里，身子一动睁开眼睛。果儿摘下蒙在脸上的黑布，金府管家老魏临死前，看了果儿一眼，灵魂出窍，这是当年兰戏班花旦果儿？

刀棍儿送走果子老弟，回头带人查抄老黑窝点，将窝藏的全部烟土和所有值钱的东西，搬运上车一起运走。刀棍儿身边一位少校营长说："这回，发财了！"刀棍儿看了一眼卡车上的东西，说："还行。"营长问："回去是不是全部上交？"刀棍儿眼睛一瞪，说："全部交了，我们吃啥？他妈的，至少留下一半，弟兄们有赏，亏你还是带过兵的人。告诉弟兄们，把嘴巴闭上，不说一个字！要不然老子抽你，关你禁闭！""是，长官。"营长敬礼回道，随即转身叫一队弟兄赶紧上车！连夜赶回去……

与此同时，果爷叫吕哥把老黑背进一家私人诊所，果爷摁住老黑的伤口止血，一面对医生说："救人！"

"好。"医生朝果爷点一下头，随即动手抢救。

"说。"果爷凑近老黑的脸，说道。

"我，我……"

老黑挤牙膏似的说，长随无同和薛承事，都是金爷的人。金府管家老魏指派老黑办事，完了去金府回话交差。

"接着说。"果爷看着老黑的眼睛，厉声说道，"说！"

老黑一声惨叫！果爷叫刚子和吕哥摁住老黑手脚，一个手势叫医生给老黑止痛。老黑接着说，万泉钱庄东家是金爷。金府管家老魏叫他把兰戏班的人送到煤窑抵债。老黑把烟土运送到金府，再从金府分批运送出去……

"借据！"果爷问道。

"借据在……"老黑睁开眼睛，目光呆滞地看着果爷的眼睛，接着说道，"在金爷手里。"老黑嘴里吐出一口鲜血，最后说道："金爷他，他还有一本要、要人命的账本……"

这天夜里，段小七没有睡觉，一直在等果爷回来。早些时候，段小七盯着杏儿，问："今天晚上果爷去哪里了？"杏儿眼睛眨巴眨巴，说："不知道，问小帽。"

段小七回头去问小帽："今天晚上，你看见果爷没有？"小帽鬼虚鬼虚地，说："不告诉你。"

段小七眼睛一瞪，甩手一个头皮掴上去，叫小帽："说！"小帽嘴巴闭得紧紧的，死活不说。段小七一把将小帽逼到院墙墙角边上，两只手摁住小帽肩膀，说道："你知道就说，不知道也罢。老子不跟你玩虚的！"

"我不知道。"小帽扳开小七的手，说道。

"不知道，怎么说不告诉你？"段小七拍拍小帽头皮说。

"就是不告诉你。"

小帽说完，转身就跑。回头一看小七没有追上来，小帽停下来说道："等果爷回来了，你去问果爷！"

段小七不会想到，小帽跟他一样也是一夜没睡，鬼使神差小帽昨天夜里悄悄地一路跟踪果爷，在现场亲眼目睹了在老黑窝点外面上演的一幕。这血腥的一幕，后来人家知道了，那是人家的事。这个事，小帽谁也不说，烂在自己肚子里慢慢发酵。

果爷回到董平戏班住地，外面公鸡已经叫了三遍。段小七还在等果爷回来，等果爷说话——

"借据，在金爷手里。"果儿对段小七说，一面眼神示意杏儿把门关上，接着说道，"老黑说，金爷还有一本账本，记着很多人还不清的债务！……"

"咋办？我来帮你！"段小七坐下来，说道。

"不。"果儿看着小七一夜没睡的样子，说，"这个事，还是我们来想办法。"

"我们？"段小七看着果儿的眼睛，似问非问道。

"是。"果儿回道。

"我呢？"段小七指指自己胸口，说道，"我，不是你们，不是我们？"

"不是这个意思。"果儿说，"我们兰戏班的事，跟你小七没关系。小七，你不要掺和进来好不好？你好好演戏！"

……

第五章

残局

32 一年又一年

日子过得好像竹篮在河里捞水重新流到河里。河，还是原来的河，但是原来的水已经流走了。

一九三六年，对中国人来说，记忆深刻，令人难忘。一九三一年"九一八事变"的影响延续到一九三六年双十二"西安事变"，震惊中外！往大里说，国家经历了重大事变；往小处说，小到晋南晋商雷家，小到运城兰戏班和董平戏班同样经历了不小的变故。这些年的人与事、影像与记忆，在这年大年三十，汇集在雷家年夜饭上，汇集在董平戏班年夜饭上，与此同时，汇集在兰戏班年夜饭上。好像现在一个本子分台演出，只是主角和配角不同罢了。

在旧年即将过去之前，雷家三爷雷启后再次请倪云道先生来给小倩诊脉。倪先生诊脉后感觉蛮有把握，说："双胞胎。"三爷一怔！倪先生接着说道："看脉象，是龙凤胎。"三爷一听，突然睁大眼睛，眼珠子差点凸出来！啥也别说了。三爷双手合十作揖谢过倪先生，给钱，送走倪先生。三爷回过来对小倩说道："明天一早，去皇天后土祠烧香，给后土娘娘磕头，给后土祠捐钱。"雷家三爷庆幸自己那年在东北及时止损，什么店铺、什么生意都不要了，人最要紧，从东北回到山西运城，塞翁失马焉知非福，此语诚然。看来，雷家三爷运气不坏。这时候三爷心中大喜，悄悄地在自己屋里摆一桌酒席，还是要的。三爷说，这个事暂时秘而不宣，且待最好的日子让大家知道，都来贺喜！小倩心情如何？一个丫头的命，身份悄然发生变化，转眼间过上小姐的日子。不，是过上雷家三房姨太太候选人的日子。这是小倩命运的转折点。

其实，当初小倩在爬到三爷床上的那天夜里，命运已经发生变化了。时至今日，小倩暗自庆幸当初她没有跟老哈好上。老哈算啥？先前只是雷家一个长随而已，后来当上管家，又咋样？没有雷家大少奶奶乔秀秀，老哈什么都不是。这时候雷家已经没有人在面上提大少奶奶了，只是大少奶奶的阴影好像还在，除夕欢乐恐怕一时消除不了这阴影。但是，毕竟人去楼空，从此雷家再无长房一说。百年雷家仍将延续下去，直到将来有一天，这个国家翻天覆地，雷家大院成为历史记忆。

在董平戏班年夜饭上，没有人提起薛承事。那个薛承事好像哪个主子脱裤子放的个屁。薛承事死了，有张屠夫。张屠夫死了，你吃带毛猪？天下不留张！董师傅不准大家聚在一起谈论国家大事。其实,董平戏班没人关心国家大事。闲话说农民种地,工人做工,商人做生意,老师讲课,学生读书,当兵打仗,妓女接客,政客在撒谎,戏班子唱戏,老百姓吃饭,上床打滚传宗接代,代代如此。一年又一年,说起社会上小人物心里想啥、关心啥,小帽说:"要是老板在,多好!"

这时候,这个话说的,董师傅听了,心里有什么反应,只有他自己知道,别人不好说,只当没听见。董师傅两只眼睛一斜看着小帽,说道:"你啥意思,我不是在嘛!"

这话没毛病是吧?小帽即席发言,就一句话,以为自个儿聪明绝顶。问题是,董师傅心里想小帽是在故意挑事,诱导其他人联想寡妇班班主、东家乔姐,跟着以前的老板吃香的喝辣的……

眼下董师傅、董老板抠门,弄几个饺子和一盘花生米就算是年夜饭。董师傅倒是蛮开心,说:"有饺子和花生米,喝点小酒,已经美得很了。往后的日子难说,大家能吃饱肚子,就是后土娘娘恩赐!"董师傅当然不会当众说他已经买了独门宅院,在座的都心知肚明。这会儿,董师傅不能容忍跑龙套的小帽在台面上耍小聪明,话里有话刺激人的神经。小帽该骂!但是在年夜饭上,董师傅不好当众骂小帽。小帽是董平戏班里最听话的人。今天是大年三十除夕之夜,如果这时候董师傅要当面骂人,小帽应该是排在整个戏班的最后一个,绝对不应该是第一个被骂的人。

董平戏班第一个该骂的人，是段小七。在董师傅看来，小七实在是不像话！今天自己的戏班子吃年夜饭，段小七，他非要跑到人家兰戏班去吃，理由是果爷和杏儿在那边吃，他也要过去吃。

先前，董师傅是同意果爷和杏儿去兰戏班吃年夜饭的，但是老董不准小七去。理由是，果爷和杏儿本来就是外人，不足为怪。但是，小七不能啊。为吃一顿年夜饭，老董和小七又尿不到一个壶里。前面说过，董师傅和段小七关系有改善。这回有具体表现，段小七先退一步，说："要么这样，我先在这边吃一半，留一半到那边去吃。"董师傅跟着退一步，说："好，这样也可以。"

好了，小事一桩，够不着和国家大事相提并论。中庸之道讲究"平衡"二字，没啥问题。但是小帽的一句话，问题要比小七的言行严重得多。不要小看小帽的一句话。董师傅心里冒火的是，小帽那句话开头的"要是"二字。唱戏的都知道，一个台本台词打磨锤炼到极致，你动不了这句台词里的字。一动一删，哪怕是一个字、两个字，那个意思就是另外一回事。董师傅把酒而不能言欢，心里非常失落。董师傅心里想，这时候，要是乔姐在多好！与谁同坐？彼此对坐满上一杯，干！这么一想，董师傅觉着小帽刚才说的话没错。不，小帽这么说，还是错！这句话、这个意思，要董师傅自己心里说，别人不可以说。

段小七在这边吃了一半走了。董平戏班这顿年夜饭，吃得

晋南，河津樊村堡

没味道没意思，早早结束，留下董师傅一个人喝酒，连个说话的伴儿都没有，好像是孤家寡人，有点凄凉。董平戏班的人哪里知道，董师傅在自己戏班子年夜饭也吃一半，还有一半要留着回家吃，小凤伶正等着老董早些回家一起吃年夜饭呢！

董师傅在回家的路上，下雪了。风雪夜归人，家里有女人热炕头，这时候董师傅感觉自己是最走运的人、最幸福的人。凤伶手巧能干，已经烧好一桌菜，把酒烫好。董师傅回到家里，小凤伶跟老董两人亲亲热热，坐下来一杯酒下肚，凤伶姑娘一时兴起，叫老董唱一段戏助兴！董师傅摆摆手，说："大年夜不演戏，不唱戏。这会儿倒是想起一句老话：父母忙做年夜饭，儿女欢挣压岁钱。"董师傅看着凤伶姑娘的眼睛，想了片刻接着说道："老董想孩子了。小凤来年给董平章生个孩子！"凤伶一听，放下酒杯说道："老董，这个你知道，小凤不能生孩子。""哦，"董师傅拍了一下额头，说道，"没事。明年，我们领养一个孩子。"凤伶说："好。"两人互敬一杯酒，说好今夜守岁，辞旧迎新……

在兰戏班，果爷把恩儿师傅请过来一起吃年夜饭。恩儿师傅把兰笑生的遗物旱烟杆带来交给果儿。恩儿师傅说："这个老物件，还是还给兰戏班，让新班主传下去。"

"好。"果儿开场白说，"今天兰戏班人齐了。大家举杯，第一杯酒洒在兰戏班住地，以此为祭，告慰班主兰笑生在天之灵，兰戏班将浴火重生，薪火相传！"果儿说完，大家跟着果爷一齐把酒洒在地上。"坐。"果儿将手一让，说道，"一边吃，一边说，有一个事，要跟大家说——"

"这个事，先前已经和恩儿师傅、吕哥、刚子商量过。"果儿说道，"西安程戏班班主程贤志先生来信，邀请兰戏班去西安与程戏班会合。果儿叫杏儿写信回复程班主，开春后动身前往西安，由吕哥和刚子带队先行。"大家一听，齐声说："好！"

这时候，女妖小小站起来，说道："果爷，美得很！"天星双手合十，念念有词道："来年见好，来年见好……"杏儿说："我还没喝酒，就醉了。"果儿看着杏儿，说道："杏儿，今天当着大家面，我答应你，圆你一个梦，你在太原做的一个梦。"果儿接着说道，"今天告诉杏儿，那天去雷家看望乔姐和大宝，雷家管家老哈借一步对果儿说，大少奶奶叫他把一块丝绸料子送给果儿。这是乔姐当掉全部东西时，留下来唯一的一块料子，留个念想。"

这时候小七来了，来得正好！果儿叫刚子给小七倒酒！段小七坐下来，手一摆，说道："我今天开始戒酒。"刚子问："为啥戒酒？今天是大年三十。"段小七说："熬得过大年三十不喝酒，就是他妈的行！"刚子哈哈一笑，说道："大年夜你必须喝酒，明天初一戒酒，也是他妈的行！"吕哥拿起酒杯向小七敬酒，拍拍小七肩膀，说："小七今天不喝酒，明天太阳不会升起来！"

"不喝。"小七眼睛一闪，说道，"我要上台演关公，从今天开始，每天沐浴、烧香、打坐、吃斋、不近女色。"

"谁说的？"恩儿师傅脸上一撮毛一抖一翘，拿起酒杯喝一口酒，说道，"上台演关公之前十天，扮演关公的演员每天斋戒、沐浴、焚香、不喝酒、不抽烟。还有，不近女色。没说一百天。"

"是吗，没说一百天？"段小七说着，一边给恩儿师傅的酒杯满上。

"是。"恩儿师傅手指头点点桌面说。

段小七问："恩儿师傅，您戒酒行不？"

"不戒！"恩儿师傅说，"我不喝酒，肯定死掉。"

"好，"段小七给自己倒满酒，说道，"今天，小七陪恩儿师傅喝。吕哥、刚子、果爷，一起来，喝多少是多少。最好是，今晚一醉方休！"

吃过年夜饭，段小七喝醉酒睡在兰戏班。彪子说他在兰戏班住地住一晚，明天早上走。彪子对果爷说心里话，他不去西安，想回老家做点小生意。果儿说这样也好。果儿问彪子回去做什么生意。彪子说，开个小店做饼子，叫：河津饼子。

刚子赶马车送果爷和杏儿回董平戏班住地。一路上，说起开春后兰戏班就要动身去西安，杏儿问刚子："果爷为啥不让杏儿跟兰戏班先去西安？"刚子看了果儿一眼，说道："杏儿，你不用急着走吧，我们几个先去西安有事要办，你急着去西安干吗？"杏儿说："妈妈这会儿伸长脖子盼着杏儿回西安。前些日子，妈妈来信，问杏儿几时回去。"杏儿一面说着，手指头点点果儿，接着说道，"妈妈在信上说，跟杏儿说好了，把果爷一起带回来！"

这时候，果儿轻轻拍拍杏儿手背；杏儿拉住果儿的手，晃来晃去说道："果爷，你不会不去西安吧？""去。"果儿握紧杏儿的手，说道，"怎么会不去？"果儿看了一眼天上的半个月亮，一转脸对杏儿说："年后，还有一件事要办。这件事办完之后，果儿和杏儿一起走——"

"果爷要办啥事？"

"不告诉你。"

"果爷，还是把杏儿当外人。"

"不，局外人。"

一九三七年，山西荣河皇天后土祠庙会祭祀酬神，场面比以往更大、更隆重。山西督府长官到场，刀棍儿带兵警卫。

老一辈人说，每年农历三月十八后土娘娘诞辰日，民间老百姓前往后土祠祭祀，感恩，祈求五谷丰登、子孙繁荣、国泰民安。在中国传统信仰中，后土圣母被尊为中华最古之祖、土地最尊之神。

后土娘娘是上古神话的中央之神，掌管大地变化和万物生育。中国历朝皇帝先后二十四次到山西荣河皇天后土祠祭祀后土圣母。

这年农历三月十八日，后土祠庙会演戏酬神之前，董师傅在晋南菜馆请董平戏班众人吃饭。老地方，还是这个座。记得寡妇班东家老板乔姐请董平戏班的人在这里吃开工饭；人之常情，这时候有人说想以前的老板，显然不合董师傅心情。去年除夕吃年夜饭，大家已经领教过什么场合该说什么话、不该说什么话。今天，现在这个场面上，只有董师傅一个人说话，其他人坐在那里闷头吃饭。果爷和段小七不在场。董师傅说，果爷和小七有事。杏儿问董师傅啥事。董师傅说不知道，随他们去。小帽坐在杏儿旁边，凑近杏儿耳朵，说："我知道，不告诉你。"

这回后土祠庙会，金爷陪同西安军统站站长钟子宣，和常有先生等人来到后土祠品字形戏台看戏。先前，钟站长私下跟督府打过招呼。事后，金爷请钟站长吃饭，钟子宣告诫金爷："这个世道，你金兆然胆子不小。但是黑吃黑要留意，不要过分，不能吃到地方大员头上。"金爷明白，要拿些金条摆平各路尊神。

这是段小七第一次登上后土祠品字形戏台。演出之前，董师傅私下对小七说道："这回后土祠演戏酬神，上品字形戏台高台，你演赵子龙的《长坂坡》怀揣阿斗，手提长枪，那是威风凛凛。我——董平章演关公《单刀会》，这是咱董平戏班的招牌。今年是农历丁丑牛年，咱牛一把，不得有半点儿差池！"

"好，小七明白。"段小七双手抱拳回应道，"先前，果爷说了，咱听董师傅话，好好演戏！"

"这就对了嘛。"董师傅微笑说。

这年，后土祠庙会祭祀，演戏酬神跟往年一样，就是一九三七年盛况空前。品字形戏台过厅台，东西两边主戏台，蒲剧、秦腔、河南梆子戏不停轮换轮流上台演出。在董平戏班演出剧目间隙，董师傅卸下戏服下台休息。他坐在看戏场地外，喊了一碗大刀羊肉面，加醋加辣子，再来几瓣大蒜头，挑了一筷子面往嘴里吸，一边跟熟人点头打招呼。有人走到董师傅身边，跷大拇指夸董师傅演关公演得好，今天在台上一口气连翻七个跟头，那是从来没有过的，赢得台下一片喝彩！董师傅拿筷子挑面条，一面说道："在舞台上演关公，董平章不谦虚，这个没话说，把关公关神演得出神入化令人难忘。要不然，董某人愧对当下演关公第一人的称号。"

这时候品字形戏台东边戏台紧接着轮到董平戏班上场，果儿朝小七使一个眼色，换角儿。接着上演关公戏《虎牢关》，果儿演吕布，段小七演关公。果儿看着段小七的扮相，说："关将军，行吗？"

"行！"段小七眼睛一闪，说道。

"上！"果儿手一挥，说。

段小七上场，一个亮相赢得碰头彩！段小七压根儿不按照传统套路来。董师傅演关公，连翻七个跟头。段小七使出了十二分力气，一口气连翻十八个跟头，台下喝彩声一阵高过一阵，此起彼伏持续不断。段小七最后使出关王十三刀的绝活儿，此时此刻观众情绪激昂，台下，好像滚了锅的开水，一股热浪一瞬间从台下看戏的场地翻滚到舞台上，一转眼满台披红，震撼全场！

这时候董师傅回头看舞台，他看见了段小七；他看见戏台边角门布帘掀开的缝隙间，是小帽的脸。董师傅在一刹那间想，小帽为啥不提前来告诉他？董平戏班没有一个人提前来通知他？董师傅突然满脸爆红，把手中筷子一甩，怒不可遏面朝舞台，气入丹田憋足气大吼一声："啊——段——，段小七！你红还早了点，老子还没死呢！"

一口气断。董师傅手上端的面碗"啪"掉在地上，一口辣子呛着，突然一口血从嘴里喷出来，喷在后土祠一片黄土上。

33 你算啥

后土词庙会结束之后半个月，段小七下帖子请金爷吃茶说话。金府长随无同出面来悦来香茶馆应付一下。段小七一看，金爷没有来，而是叫一个手下人来，一脸不爽，问道："金爷呢？"

"我来传个话。"无同坐下来，瞟了段小七一眼，说道。

"回去。"段小七手一摆，说道，"我跟金爷说话。金爷答应过小七一个条件，我跟金爷当面谈。"

"一个戏子，你算个屁。"无同下巴一抬，说道。

"你算啥？"段小七嘴唇一吊，说道，"你算个屁？金爷，金爷算个屁？驴粪蛋子臭鸡蛋，滚一边去！"

这时候，无同端起茶碗使一个眼色，两个打手从段小七背后上来，将小七暴打一顿，扔到外面街上。大丈夫屈伸有道，段小七从地上爬起来，掸去身上灰尘，叫马车，上车打道回府。

段小七回到戏班，果儿问他咋回事。段小七回话说，小七要当面问金爷，叫他把那张借据拿出来还给兰戏班，还给果爷。果儿一听，立马把小七拉到屋里说话，叫他坐下来喝口水，冷静一下不要乱来。果儿说，这是台下，不是台上演戏。"扯淡！"段小七说着，两只眼睛一闪，一个转身跨步跑出去。一会儿段小七把关公的青龙偃月刀提出来，他走到院子里摆出架势唱关公《单刀会》的唱词，双调，新水令——

大江东去浪千叠，

引着这数十人驾着这小舟一叶。

不比九重龙凤阙，

这里是千丈虎狼穴。

大丈夫心别，我觑的单刀会似村会社！

果儿对杏儿说，小七今天入戏，一下子出不来，由他去。没想到段小七真的单刀赴会来到金府门口，摆开架势，念白道：

"我是关将军，开门！找你家金爷说话！大胆贼人，看我青龙偃月刀！关某人，来——也！"

金府门打开，长随无同手一挥，一帮打手拿下段小七，把他关押在金府后院马厩里。

第二天晚上，果儿在晋南菜馆单独请金爷吃酒。金爷进来，果儿将手一让，请金爷坐。果儿先给金爷倒酒。金爷看着果儿，好像有意无意伸手触碰一下果儿的手。果儿回到自己座位上，给自己酒杯倒满酒，举杯向金爷敬酒——

"金爷，我先干为敬，三杯。"

"好。"

"金爷，今天就说一件事。"

"说。"

"就一句话，放人。"

"我想你好几年嘞。"金爷微微一笑，说道。

"放人。"

"好。"

"一言为定？"

"言而有信。"金爷看着果儿的眼睛说。

"好，我答应你，三天之后。"果儿看着金爷的眼睛说。

"好！"金爷说。金爷拿起酒杯，一口干掉。

……

第二天，金府上上下下开始忙碌起来，屋里屋外张灯结彩布置老爷新房，准备迎娶新娘。这会儿无同好像金府管家，四处督办查看金府下人干活儿。一个女用人看见老爷的长随无同迎面走过来，好奇问道："老爷娶姨太太？"

"是。"

"谁家女子？"

"戏子。"

三天之后，金府放人，段小七回来。果儿即日去金府。段小七拦住果儿，说道："走，你跟我一起走，离开这里！"

"不。"果儿说，"我不走，你走。"

"为啥？"段小七眉头一皱，逼问道："今天你为啥不走，把话说明了痛快，你为啥不跟小七走？"

"与你不相干。"

"什么叫与我不相干？"

"小七，你听着，我不让你掺和进来，你不能掺和进来！我已经说得够清楚了。这个事，与你不相干。"

"果儿，我再问一遍，什么叫，他妈的与我不相干？！"

"小七，别逼我——"

"逼你什么？"小七眼睛一瞪说，"我段小七逼你个屄！今天跟我走，立刻，马上！你跟我，我们走得越远越好！"

"我跟金爷说好了，绝无戏言。"果儿不动声色说道，"去金府，与你不相干！"段小七一听，脑门立马充血，两只眼睛一眨一闪，看着果儿的眼睛，骂道："你妈逼的，什么果儿红，段七红，人红了，都不是个东西。不红也罢！"段小七说罢，拂袖而去。

这天晚上，段小七独自一人喝醉酒，提上关公大刀跑到院子里醉酒当歌，上演关公走麦城，关公念白道：

你从十三岁就跟上我，数十年，鞍前马后，让你受苦了。

这是咱，从解梁带出来的河东黄土，看着它，就想到了家乡解梁。带着；今夜，你一定要活着。

如果师父阵亡了，你就在我身旁，挖一把血泥带回家乡，撒在师父双亲的墓前，了却我魂归故里的心愿。

与此同时，果儿在自己屋里精心化妆打扮。小七一个转身，关公念白道：

抬刀带马，杀！杀！杀！

段小七提刀舞刀，最后持刀亮相：杀——啊——啊——这时，段小七声泪俱下。只听"哐当"一声，关公的青龙偃月刀掉在地上。

与此同时，果儿在屋里画好眉毛，开始涂口红。段小七背一个包裹从自己屋里走出来，走到院子门口，回头最后看一眼亮着灯光的窗台，随即转身离开董平戏班，消失在黑夜里。

金爷，金兆然，字汉亭，四十五岁，儒雅，个子高，貌相颇有风度。金爷懂戏，爱才，特别是爱女人。金爷是爱女人，一个"爱"字，和"喜欢"女人不能同日而语。金爷口头上表达，每每将这两个动词并为一说，说啥？说：想。

金爷惜字如金，他不爱说话，他不想说话。当年兰戏班花旦果儿首次登上后土祠品字形戏台一举披红，那时候金爷为果儿的美貌和演技倾倒，不，是神魂颠倒以至于梦寐以求！后来有人传说，金爷为了得到他想得到的果儿，有点不择手段逼果儿就范。对此，金兆然很不以为然。在金爷看来，传说中的那些所谓的不择手段，是金爷的手下人不懂事、不懂规矩在外面乱来！有些事，金爷本人不完全知道，不完全知情。金爷只知道自己想那棵树上的果儿，这是真的。还有一点，金爷请钟子宣站长吃饭的时候，两人谈完公事谈私事，说女人。钟站长说他看上一个戏子，叫果儿，让金爷出面安排一下。金爷微微一笑，说："兆然想女人，不想私下做交易，不想和女人做交易。"钟站长问："此话怎讲？"金爷给钟站长酒杯满上酒，看着钟站长的眼睛，说道："兆然想女人，最好不是私下做什么交易，你情我愿比较好；如果掺和着某种交易，那个性趣就不干净、不纯粹了。"钟子宣听了"哈哈"一笑，说道："兆然，不把我的事放在心上——"

"不。"金爷右手食指摆动了一下，坦然说道，"这是两回事儿。女人的事，金某向来不过问、不插手。钟站长有其他事，兆然照办就是，尽力而为。"钟站长说："兆然，欠我一个人情。"

"是。"金爷面带微笑回道，"人情，是要还的。钟站长和兆然，是交情，是一辈子的交情，不是人情。"

"金兆然，还是金兆然。"钟子宣微微点了点头，说道，"这么说来，没戏？"

"有。"金爷看着钟子宣的眼睛，说道。

"怎么说？"钟子宣稍一倾身，问道。

"现在说起来，还是有点巧。"金爷想了想接着说道，"真是无巧不成书。这回，金某人不知不觉好像跟上次一样，又一次走进两性之间私下谈判做交易。这是兆然最烦的人间瑕疵，性关系的美中不足。"

话虽这么说，这回，金爷对果儿主动约请他吃饭，心理上获得了一个男人最大的虚荣和满足。金爷没想到，现在的果儿在桌面上和他谈判做交易的做派，令人感觉很爽！金爷喜欢，金爷欢喜，正如想当年金爷为之倾倒、为之神魂颠倒以至于梦寐以求。

时隔五年，前后两次交易：第一次，是金府前管家老魏代替金爷出面做交易；这一次，金爷直接面对果爷。既然是谈判谈条件，金爷叫手下长随无同，把小七从马厩换到厢房里，不准虐待，不准动粗，给小七好吃好喝。"告诉小七，白天不要闹，夜里好好睡觉，按约定的日子放人。"金爷说。

"是。"无同点头回道。

这天夜里，果儿按约定来到金府。盛装打扮的果儿再现妩媚，年轻貌美，秀外慧中。金爷顿时两眼痴迷沉醉，情不自禁下意识一个手势。搀扶果儿进屋的女用人退出去，关上门。

"果儿……"

"金爷……"

"果儿……"

"我想你好几年嘞。"金爷拉住果儿的手，坐到椅子上让果儿坐在自己腿上，一手搂住果儿，一手在果儿身上缓慢轻抚，一边优雅地闻闻果儿身上的味道。

这时候，果儿出其不意拿下金爷，干净利索把金爷绑在椅子上，将一把尖刀顶在金爷喉咙。果儿两只眼睛锐利，像刀尖一样刺进金爷惊愕的眼睛。

"借据、账本。"果儿看着金爷的眼睛，说道。

金爷看着果儿的眼睛，金爷不说话。金爷本来就不爱说话，不想说话。

金爷心里想女人、眼前这个令人神魂颠倒的女人咋回事？果儿刀锋直逼金爷，只见金爷喉咙口渗出鲜血顺着脖子淌下来。金爷无语，嘴唇慢慢嚅动着，两只眼睛饱含惊诧不已的"性趣"看着果儿的眼睛。两人就这样僵持到最后，金爷眼神移到一边的书桌上。

果儿打开书桌抽屉取出账本，见账本下面是那张借据。果儿拿走借据和账本走进内室，放一把火烧掉金府的烟土存货，随手将那张该死的借据扔进火里，然后带着账本转身离开。

"果儿，我就是想你嘛！"金爷看着果儿身影，说道。

外面天干物燥，一阵风骤起，火势借助风力迅速蔓延了半个金宅。果儿走出金府，到外面骑上一匹马快跑。

大火已经烧到金爷身边，金爷挣扎着连人带椅子挪到火边，是想烧断身上的绳子脱身，不料引火烧身……

第二天天亮，果儿和杏儿，两人骑在一匹马上奔跑着来到河津渡口，杏儿下马即兴唱道：

> 黄——河——河之东，山之西，长城长又长。
> 黄河流到山西美，
> 表里山河千年传唱……

行船西渡黄河，留在岸上的那匹骏马仰起脖子嘶叫，看着船上的果儿和杏儿的背影远去。

历史犹如一条河，不回头。

2017 年初稿于山西太原

2019 年第一次修改于山西运城

2023 年第二次修改

2024 年 1 月第三次修改于太原小店区蜗牛公寓

2024 年 7 月定稿于苏州

后记

影像与记忆

一

从 2017 年 6 月到 2024 年 7 月，我用了七年时间，在山西做田野调查寻访。最初，从晋中到晋南，到晋西北，回头再到晋中晋南，寻访的脚步最后在晋南运城停下来，写了《后土笔记》，一个过去的故事。历史上，有真实的存在。现在写的这本小书，是一个虚构的故事。我们站在当下，勾连历史。山西，中国戏曲的摇篮。蒲剧，百戏之祖，有七百多年历史。蒲剧发展到现在，民间的社团不多，主要分布在山西运城、临汾地区，河南三门峡，还有陕西。蒲剧在这几个地方比较盛行，每个县都有民营社团。现在的民营剧团靠演出才有收入。县级以上的剧团，理论上有一部分政府补贴，依靠政府的台口，有不少戏可以演出。民营剧团就只能靠自己定台口。

我们在山西晋南地区寻访时，特别留意到当下蒲剧传承有两种途径：一是专业戏曲学校培养演艺人才，这是主流；还有一种是，学生十几岁进剧团，跟着剧团成长起来。

　　追溯到 1949 年以前，那时候的戏班子，与其他戏剧种类的剧团大致相同，戏班子有班主、有师傅。师傅带徒弟，徒弟按传统规矩拜师，跟师傅学戏学艺。行当：生、旦、净、丑，可以自己选择自己适合的行当。当时的老艺人，他们在年龄很小的时候，没有上过学堂接受教育，就进了戏班子。这些艺人都是戏班子师傅言传身教，一手带出来的。有的弟子天赋高，悟性好，善于学习，一本戏，甚至十几本戏，都能背下来、学下来。这是一个特有的人文现象：一般没有什么文化的人，因为不识字，没有文化，大多数人理解不了他们要学的戏文，师傅怎么教，学生就怎么唱。

　　历史上，戏班子里的师徒关系，多半是像父子关系。师傅作为家长管教自己的学生，这是理所当然的。有人问，旧时代我们中国有艺校吗？回答应该是：没有。但是，也可以说，有。比如，有的戏班培养的一个班子，全是孩子，几个老师教这些小孩一到两年、三年，出师以后就是名副其实的娃娃班。电影《霸王别姬》开头第一幕，那一班孩子就是一个戏班子的娃娃班。这就是那个时代所谓的"艺校"吧。还有一些学生弟子跟师傅学了几年戏，出师后回报师傅，不拿工钱为本戏班演出，三年后才可以自己挣工钱。

　　山西境内的古戏台很多，我们重点关注后土祠和后土祠品字形戏台背后的故事。小说主要写人。这个故事发生在现在的山西运城万荣后土祠，是以前的荣河后土祠。这是皇天后土。

　　后土祠，最早是在汉武帝时期建成。历史上因黄河泛滥，搬迁了几次。现在的后土祠，是 1870 年清朝同治九年修建的。

　　万荣，是原来的万泉县和荣河县合并后的地名。万荣县在山西省西南边、运城市西北部。万荣东与闻喜县、盐湖区毗连，南与临猗接壤，北与稷山县、河津为邻，西隔黄河与陕西省韩城相望。航拍看，万荣境内孤峰、稷王两山遥望，黄河、汾河在这里交汇。

　　后土祠，历史上是皇家祭祀酬神的圣地。神圣的殿堂级后土祠品字形戏台，犹如当时中国最高的戏剧舞台。一个演员，一旦登上这个舞台，意味着有可能一唱天下红，也有可能一唱下地狱。

　　每年农历三月十八日，圣母后土娘娘生日，当地社家在后土祠举办盛大的庙会祭祀酬神，这一天是古会。山西、陕西、河南梆子戏等有名的戏班子会集于后土祠品字形戏台，通常演出的曲目，主要是《龙凤配》——京剧的叫法是《龙凤呈祥》。后土祠要求特别高，有资格进入后土祠上品字形台演出的戏班子，必须会演这两折戏。这一天，戏台上的演出彻夜不能停，叫彻夜戏，需要演三折一本。当时的一整本戏差不多需要演三个小时，一折属于其中的一段曲目，一直要演到第二天天亮。

　　农历三月十八日祭祀这一天，后土祠品字形戏台周围要放置二十四个铁铳炮，在各家戏班子轮流上台演戏酬神过程中，社家会安排放铁铳炮，配合当天祭祀酬神的隆重场面。

后土祠品字形戏台上，戏曲表演讲究一桌二椅：在戏台中间放一张桌子，桌子两边各放一把椅子。这是一种象征性的配置，或者说是写意的表现。火炮戏讲究，内容不将就，生、旦、净、丑每个行当的演员都化好妆，穿着热闹好看的戏服，等铁铳鸣响之后，上台耍着各自行当的动作，从一边的椅子上去，上到桌子上，再下到另一边的椅子然后再下来。这样走一圈，火炮戏就算结束，接下来就开始正剧表演。

旧时庙会正日祭祀，这天演戏酬神，演出的剧目，据说有一百多本戏。最普遍的是二十四本戏，上八本，中八本，下八本。祭祀当天的剧目，有《龙凤配》《黄鹤楼》等，其中关公戏最受观众欢迎，这是祭祀活动中最主要的剧目。但是关公戏里的关公《走麦城》，在祭祀这一天是禁演的剧目，还有《无影簪》也是当天禁演的剧目。这是谁定的规矩？有人说，是当地社家。也有人说，这是传统规矩，向来如此，好像没人敢破这个规矩。

后土祠庙会期间，在后土祠品字形戏台上表演的，都是有名的戏班子。每个戏班子至少要配两套人马，双生、双旦，要不然彻夜戏根本演不下来。在后土祠品字形戏台演出，戏班子会收到体面、丰厚的演出费和赏金，高出其他地方三倍还要多一些。那时候后土祠品字形戏台有一些约定俗成的老规矩，比如说，东西两边的戏台唱对台戏，如果哪一边没演好，演输了，台下观众会当场提出要求罚戏、加演场次。后土祠品字形台上对台戏就是打擂台，有一个特点：在戏班子里，不管师徒、父子，还是亲兄弟，上台对起戏来，那就是公开相互竞争，哪怕是唱红了脸，也互不相认。

二

在山西期间，我应约给山西写了一部《寻找山西古戏台》十集专题纪录片的本子，片头解说词写道：清晨的阳光照进古戏台，一个角儿吊一声嗓子，但不见人影。

戏台在前面，人在后面。

我们沿着黄河走进山西，县城、乡镇、村庄，一路看来好像有庙就有戏台，有村就有戏台。

这些戏台，和庙宇，和乡村，和整个山西，和人们相守相伴。

历史上，应该是向来如此。晋商，把生意做到极致。山西人，把戏曲玩到极致。

我们追溯到金代、元朝，从那时候到明清以后，不管中国的时代如何变迁、社会如何变化——

在此，一直不变的，就是山西有戏。

山西古戏台是中国戏曲文物中的实体遗存。现在中国大陆仅存的一座金代戏台和八座元代戏台都在山西境内。中国现存的明代戏台有六十余座，其中有一半以上在山西。清代戏台，至今在山西保留最多。在山西众多的古戏台中，我们做纪录片《寻找山西古戏台》单独做了一集后土祠品字形戏台。

戏台，是供演戏使用的传统建筑。中国传统戏曲的演出场地，种类比较多。最原始的演出场所，是广场、厅堂、露台，进一步有庙宇、乐楼、瓦肆勾栏、宅邸舞台、酒楼茶楼、戏园及近代剧场和众多的流动戏台。在私人宅邸建造的戏台并不多见，中国有几处，比如说山西太谷县孔祥熙的家庭堂会戏台、山西祁县渠家大院戏台、山西万荣县李家大院戏台。这种戏台证明了主人的身份和财力，所以往往这种戏台的建筑、规模都是值得一看、一说的。

古戏台的抱厦横檩上，绘有三国人物故事彩绘。雀替为镂空木雕，也有彩绘。图案题材为"舜耕历山""二仙对弈"以及"琴棋书画"等，造型古朴，雕工凝练，图饰搭配自然巧妙，极好地衬托出戏剧舞台的文化氛围。中国戏楼在建筑上一个重要的特色就是它的细部装饰。我们看到晋中祁县渠家大院的戏台院最能体现这一特色。建筑上的屋脊、图壁柱、图梁枋、图门窗、图屏风以及其他细小构件上运用的雕刻、图彩绘、图装饰，好看，有味道。有些古戏台的装饰内容丰富多彩，有云雷纹、回纹锦、如意花卉，还有戏曲故事、生动的人物。在手法上，彩绘多运用青绿彩绘、朱单彩；雕刻有浮雕、透雕、浅雕，和彩绘结合，甚至贴金、洒银，在整体上造成一种鲜艳灿烂的效果。在山西，有如此戏台背景，我们身临其境看到一个小戏台、人生大舞台。

在祁县，我们采访拍摄渠家大院戏台。戏台对联写道：戏台可家可国可天下，人物为将为相为帝君。旧时代，渠家有一代主人，叫渠源淦，他看了一辈子戏，玩了一辈子戏，买了一个戏班子养在自己家里看戏听戏。他把晋剧艺术推向了那个时代所能达到的高峰。他自己的人生大戏，在世俗的眼中，却演得不怎么样。到了晚清末年，渠源淦的戏再也唱不下去了。

我们采访渠家第 21 代后人渠荣鏻，他说一句话故事："一句话就是穷了嘛。"渠荣鏻先生颇有感慨，接着说道，"他就要卖这个院子。那时候我爷爷就因为他——在一起嘛，所以我爷爷就不能让这个院子再卖给别人，就典回来了。花了多少钱？4500 块大洋。当时，是民国十年，4500 块大洋就典回来了。"

我们看到了当时渠荣鏻的爷爷渠仁甫先生典回院子的地契。祁县渠家大院与曾经有过辉煌一页的渠家戏台幸存下来，才有可能完好地保存到今天。

建筑，是一个国家最大的文化体量。我们关注建筑，与此同时，关注建筑背后的故事。

现在大家上网查看，都知道山西运城万荣后土祠里，有品字形戏台。品字台的整体，是由后土祠里中间两个并排舞台和祠前山门过厅台组合而成，形状如"品"字。品字台同时能演三台戏，或两台戏，也能一台戏单独演出。有人说，山西万荣后土祠品字形戏台可与北京颐和园的三层戏楼相媲美。我觉着这样比，意思不大，不说也罢。但是有一点可以说，后土祠品字形戏台，应该是对中国戏剧舞台的过厅台、并台两种舞台形式的再发展，客观地反映了中国黄河文明的一个重要方面。

现在文旅兴盛。到山西来旅游的人比过去多。人越来越多，这是好事。有一点遗憾的是，现在大家来到山西运城看后土祠和后土祠里的品字形戏台，里里外外环境有点焕然一新的感觉；同样的感觉在河津龙门老渡口也有。这种感觉，与我们在2017年、2018年期间在此拍摄的影像记录对比，好像不是一回事了。我不知道当地政府为什么要做这样的改造翻新，这个问题现在我们不讨论。在此提出一点建设性批评，我们在新与旧之间，正在用心寻找历史的沧桑和质感。存旧的必要性毋庸置疑。好在今天我们看到的万荣后土祠主体建筑原样还在。

后土祠品字形戏台首部，是后土祠过厅台。过厅台，在后土祠山门过道上，用木板搭一层戏台；台上戏班子可以演戏，台下可以照常行人。每逢古会庙会，戏台上面生旦净末丑，鼓乐齐奏；过厅台下面通道，士农工商来来往往，热闹得很。

在清代，古汾阴沿河一带戏剧文化非常发达活跃，各村各社都有演戏的舞台，建筑风格千姿百态，过厅台就是当时的佼佼者。直至1949年初期，在庙前村的下庙，在邱家池村的村中央，都建有过厅台。现在我们可以看到，孙吉镇高村三甲村，村口边交通要道还有过厅台，远远望去好像古代的城门楼一样，巍然屹立，雄伟壮观。门洞过人，台上演戏。平时晚上不演戏，城门一闭，某种程度上还可以保护村里的安全，成为各村的一扇大门。据说建造后土祠的时候，设计山门过厅台。这是本土继承了黄河沿岸戏剧舞台的精髓，把过厅台——中国戏剧舞台史上的一种样式搬到了后土祠，外观上形成了一种特有的后土文化。

后土祠品字形戏台是由两个高低、大小、式样、风格都一样的戏台组成，排成并台，和过厅台搭配构成一个"品"字。当地老百姓把东边的戏台叫东台，西边的叫西台。每年农历三月十八和十月初五，后土祠举办庙会，社家请来两个戏班在东西台同时演出，老百姓称之为对台戏，实际上就是并台戏打擂台。庙会的安排和策划，通常是由当地十个村的社家轮流执掌。这十个村是汤元、西头、斜口、庙前、闫村、大用、仓里、北中和、南中和、志范，互相比赛，看谁家请的戏班最好，看哪一次庙会主持得最热闹。

有一年后土祠庙会，品字形戏台东台演大本戏《忠保国》，正宫娘娘的扮演者是当时有名的正旦南娃。不知道啥原因，这位正宫娘娘穿错戏服上了场。台下评委发现后，向台上喊道："娘娘，为啥不穿黄袍？监台，把席揭了！"

当时在台上做监台的一个青头，正是斜口村的狗唤。他不懂戏文，爱耍威风，忽然听得评委一声令下，立即上前翻了戏台上的鼓板，立马停了戏。当晚打板鼓的是有名的恩儿师傅，外号一撮毛。一撮毛肚子里装着南路西路二十四本戏，小小板槌只要一槌下去就能打破一块新鼓板。这天碰上这么个懵懂货，一撮毛当时下不了台，气红了脸。这脸丢大了。一撮毛一把拉

王景村，榆社

住狗唤，说："今天你在台上翻我的板，说清楚是我板鼓哪一槌打错了？我要是打错一槌，我全年的身钱不要了！我要是没打错，你今天翻我的板，你就不能走！"狗唤说："关我屁事！是台下人让翻的！我哪里知道你打得对不对？"一撮毛说："娘娘没穿黄袍，你该揭她的席，凭啥翻我的板？"这时候台下有观众说："算了，这狗唤不懂戏，别和他见怪！"这一说，一撮毛好下台，当场说："算了，算了。这会儿我和这个二百五，没法见怪！"狗唤立马回道："胡说，我绞一天水，就没挣过二百五，就挣一百五！"台下观众笑翻。

这时候，人们听见后土祠钟楼敲响。这是社家叫停戏班子演出的号令。班主自认倒霉，赶紧跪到圣母后土娘娘像前磕头赎罪。正旦南娃已被监台绑起来拉到后土祠正殿。这时候班主急得乱递烟、乱求告，最后求人说话讲情，罚了银子三十两，罚正旦南娃戏完后再加演一折《五典坡》，配角必须是艺名叫"硬舌"的胡子生。这么一说，班主连连点头答应，事情才算过去。

每年后土祠庙会祭祀正日，各路戏班子演戏酬神演的是"彻明戏"，就是一天一夜不能刹戏。正会晚上要给后土娘娘上供，这时候烧香的人太多，队伍排得很长。有的人排了一夜排到天亮，还没轮上，只好跑到正殿外的砖台上烧一把香了却心愿。

那时候两台戏一整夜都不能停。演员们最怕正会这一天，不能卸装，不能睡觉，肚子饿了在后台吃块饼子，犯困了就在道具箱上躺一会儿，锣鼓一敲，还得赶紧上场。有一年正会夜

场，西边戏台上演《长坂坡》的著名小生演员贾悦发扮演赵子
龙。贾师傅当年是风华正茂，风流潇洒，穿的是银盔、银旗、
银靠架，手上使得一杆银枪舞上舞下，如同银蛇一样。贾师傅
扮相俊美，功夫过人，看得台下许多女人，心都痴迷了！有一
位文人送给贾悦发一副对联："唱腔萦迷老翁耳，扮相倾倒少妇
心。"贾悦发的表演，引来台下观众一阵高过一阵的喝彩声，惊
动了一位正在吃面的师傅。他叫贞祥。据说，贞祥是贾悦发的
师傅，他俩不在一个戏班子，对起戏来是贾悦发的死对头。贾
悦发回回对戏，回回输。这时候贞祥师傅正端着一碗大刀羊肉
面，挑了一筷子往嘴里吸，一听悦发被叫了好，心里就不服气，
他把筷子一甩碗一放，扣上刹板鞋，就朝台上大声喊道："贾悦
发，你小子英武啥！老子不死你红不了。"说罢，一溜烟上了东
台。戏迷们一看，就知道今天又有好戏看了。

　　贞祥，此人一副贫相，尖嘴猴腮。但是他唱戏吐字清楚，
唱腔干板，很讨观众喜欢，特别是烂帽子戏堪称一绝。《汾河湾
打雁》叨拉子戏，人们百看不厌。这一回不知又要使什么绝招。
一眨眼，贞祥穿戴好，脸上抹一道黑，怀里抱着一把干草走出
了鬼门套。他还未开腔，台下有懂戏的就喊开了："贞祥的《坐
窑》又开了！"西边台下看戏的小伙子听到喊声，像黄河水决
堤一样"哗哗哗"流向了东台边。贾悦发一看势头不对，连续
劈了十七八个大叉，把头上的水纱头盔都甩散了，最后还是没
有把观众拉过来。有道是，师傅出场，气煞徒弟；也有徒弟上

场，气死师傅。

半夜过后，台下的观众走了一半，剩下的都是一些懂戏的半吊子内行，他们是在看门道。这时候台上的演员要十二分认真地对付这些观众，不能有半点马虎。因为这正是评委找碴的时候，万一出错，非同小可。戏台两边台角的监台已经换了好几茬了，但是他们都很精神！这时候，西边戏台换演了大本戏《大报仇》。刘备由艺名"喃鼻子"的著名须生扮演。此人很擅长武功戏，功底不在名师阎逢春师傅之下。他演出的《怀都关》，常带《龙虎斗》和《黄逼宫》，难度很大，其他演员根本不敢挖他。尤其是《燕塔寺祭灵》唐王在城楼上的一段精彩唱腔，鼻音很重，吐字清晰，人称"哼哼腔"。那天夜里他演的《刘备祭灵》是唱功戏，先前那些评委没有看过他演文戏，想在其中找点差错，给他点颜色看看。没想到这个"喃鼻子"上台前，就给演关兴、张苞和黄忠的演员说："你们几个都卸了装，睡觉去吧！我一个人，给他唱到天亮！"这会儿其他演员巴不得早些休息，滚在后台就打起了呼噜。"喃鼻子"化好装之后，一出场亮相，就来个一声哭板："二位贤弟呀！"他声泪俱下，观众立马叫好！他从刘备少时编草鞋，唱到桃园三结义；从关羽被围困土山，唱到千里走单骑；从张飞三声喝断当阳桥，唱到巴州城活捉老严颜。他剧词编得巧妙，板眼唱得实在，人物演得投入至极，绝活使得干净利索，实实在在打动了观众的心。台下戏迷们的掌声一阵高过一阵。唱到高潮时，还一句一个好！这时候那些想找碴的评委也看傻了眼，早忘了找碴的事儿。有一位评委感慨道："喃鼻子肚子里就是宽展，装的戏多，几十年了，咱后土祠就没有唱过这么好的《祭灵》。"这戏一直唱到第二天太阳出来，这才唱到刘备进灵堂，正戏刚刚开了个头儿。其他演员美美地睡了一觉起来，站在两边场面后，看师傅唱戏。

1949 年之后，山西万荣、河津、乡宁、夏县、吉县等地的蒲剧团，都在后土祠品字形戏台对过戏。晋南河津剧团的"浪破天"小旦，《藏舟》撑船像水上漂一样。《杀狗》焦氏，更是让人笑得肚子疼。乡宁剧团的老艺人白满仓主演的《下河东》《出堂邑》叫人过瘾。夏县、吉县蒲剧团安排的剧目更是非常巧妙。《窦娥冤》对《混怨案》，《瑞罗帐》对《麟骨床》，全是生对生、旦对旦，各显技艺。最精彩的要数万荣剧团，有一次老师和学生较量。后土祠东台是学生队，青年老生朱旭岗演出《寇准背靴》，花旦王印娥演出《卖水表花》，须生杜安龙演出《朱春登舍饭》，青衣孙引娣演出《贺太后骂殿》。西台是老师队，生角贾悦发演拿手好戏《折桂斧》，"一声雷"薛京震演出《打渔杀家》，男青衣李维新上台亮相演出《三上轿》，丑旦王万华演出《拾玉镯》。出台前，朱旭岗对薛京震老师说："师傅，你是一声雷，你出去可要照护我们娃娃着！"但是他一出台，又吹胡子又瞪眼，帽翅扇得团团转，背着靴子跑圈圈，台步快得一溜烟，一下子把观众全拉过去了。可惜了《打渔杀家》一上场全是道白，戏太凉。"一声雷"干急出不了汗！等到萧恩打倒丁郎大声唱时，《寇准背靴》已经完场了。这下子气得老师"一声雷"一个月都不理朱旭岗。

孙引娣是一个青年正旦演员，她扮演的贺太后，悲恸欲绝、慷慨激昂，真叫戏迷过瘾。西台的李维新老师扮演崔家女，这是男扮女装，这表演细腻认真，戏到位、准确，并亮出了他的绝活儿。上轿之前，他让小孩撒尿，把中间手指放到小布娃的两腿中间，好像是露出了娃娃的"小鸡鸡"，一下子把观众都给看迷了。两个戏台同时对着演，黄河边人就叫"对台戏"。只有在这种特殊环境里，才有这种学生不让老师、徒弟不让师傅、兄弟不让姐妹、父子同场都互不相让的场景。他们都是为了充分表现自己的艺术才华和才能，都是为了得到观众和戏迷们的认可。

三

后土祠品字形戏台三个戏台同时演出三台戏，历史上自建祠以来，只出现过一次。那是一百多年前的事。

当地老一辈人说，当时在后土祠过厅台演出的戏班子，就是有名的寡妇剧社，班主是一个寡妇，家住蒲州府城。她男人是晋南蒲州城里有名的大财主，家财万贯，不幸早早去世，留下一个宝贝儿子，由寡妇支撑着这个家庭。这个寡妇把儿子视为掌上明珠和终身依靠，万事由着孩子。这位小爷自小爱看戏，经常爬到戏台的台沿角角上看戏。有一次，一个监台骂了这个

小孩，说："爱看戏，不会让你妈成立一个戏班！"这句话恼了
这个寡妇，后来她花了很大一笔银子，成立了一个剧社。寡妇
班有钱，凡是这一带驰名的演员她都出大价钱请过来。当时最
出名的三位须生柴子红、燕子红和黑娃，都被请到了寡妇班。
这个戏班子，每个行当都是双套，双生双旦双丑双净，就连拉
二套和跑龙套的都出份子账。但是角儿必须叫得响，要有绝活
儿，搞得方圆十几个县都没有寡妇班的对手。

后土祠三台戏演出，首先是由过厅台的寡妇班开始。寡妇
班的幕布宽大豁亮，装台整齐。戏服、戏箱、道具行头是专门
从西安秦腔剧社购置的。寡妇班演员一出场，生、旦、净、丑
成双成对，甩头披，耍翎子，抢水袖，翻跟斗，吐火变脸，吹
胡子瞪眼，紧张激烈，惊险有序很快赢得观众的掌声和叫好声。
在寡妇班演出的几天里场场出彩，场场赢人；天天不重戏，场
场换把式；每个角儿都有自己的独到之处：唱、念、做、打皆有
味，文武喜悲功夫深。看得台下戏迷们肚子饿了顾不上吃饭，
腿站乏了弯腰蹲一蹲，反正不能耽误看戏，生怕错过好戏。

这时候东台和西台的演员们，鼓足了吃奶的劲，还是稳不
住阵势。观众人群中，年轻力壮的，全都挤到过厅台前边去了。
留下的只是一些老弱病残和妇女们，他们不敢往人堆里挤，戏
言说："咱们老弱病残，干脆唱空城计吧！"这三台戏整整唱了
五夜四天，三个戏班子筋疲力尽，分别到几个地方去休息。当
时其他村演戏，一般不愿接庙前村的台口，原因是这些演员在

后土祠品字形戏台上已经把自己浑身的力出尽了，即便是要来，恐怕也是应付一下。群众看不上好戏。有的戏班子从庙前落台后，干脆休息放假几天。

这里说的三台戏同时演出，历史上，是山西荣河后土祠戏剧最鼎盛时期。这个闪亮的光点一闪即逝。一百多年过去了，后土祠品字形戏台再也没有同时演过三台戏。

我们的寻访镜头对准当下，同期声记录潘新杰说：我，作为监事的职责……最重要的是，要让大家信服你；相信你，是诚实的人。

后土祠后来盖的钟楼、鼓楼，还有后来，国庆舞台上面搭的木板，都是我去向企业老板拉的投资。还有中间请人吃饭往来应酬之类的，都得从捐资里出。我不会只叫别人捐钱，我自己首先就是年年捐。自己捐了才有底气要求别人捐。比如我跟企业老板说，你捐两万；我没你有钱，但我也捐两千。有多少能力出多少，这样别人才会信服你。

我们的对话从这里开始：

问：过去，后土祠除了每年农历三月十八庙会演戏酬神唱戏外，其他时间还唱戏吗？

答：有的。三月十八和十月初五这两个古会，有庙称庙会，没有庙称古会，是必须要唱戏的。古会是中国民间传统的物资交流会。三月十八既是祭祀也是古会；上面祭祀，下面物资交流。十月初五就是古会。过去每逢三月十八赶会的人很多，不光是周边居民，还有从河南、陕西过来的。住得远的人套着马拉的轿子车来后土祠，停放的轿子一直摆放到坡头，两边都是车子。此外正月十五、正月十八也要在后土祠戏台唱戏。

十月初五，唱戏声势不如三月十八。也会唱对台戏，但有很长一段时间，只唱一台戏，比如"文革"期间。而且，只在下面庙前村的戏台演，没有到后土祠戏台。

过去后土祠下面还有一个庙，称为下庙。下庙也有戏台。平时演戏一般在下庙戏台演，唯独农历三月十八和十月初五这两个时间，必须要在后土祠戏台唱戏。新中国成立后，后土祠有一段时间做了学校，为了不影响学生学习，哪怕三月十八也不能进后土祠戏台唱戏，只能在下庙戏台。

下庙，连同下庙戏台后来被黄河水冲掉了。潘新杰记得小时候经常在那儿看戏，印象很深刻。

在正月十五、正月十八、三月十八和十月初五唱的戏是和祭祀有关的正戏；平时下庙戏台的表演就不属于祭祀酬神戏，只是普通的戏曲演出活动。

问：关于蒲剧的台口分类？

答：蒲剧台口，一般分为高台戏、平台戏、借台戏。高台戏特指在庙会表演的戏。高台戏不能有误。三月十八的戏，戏班子最迟三月十七日晚上必须到场。平时的戏就没那么讲究，比如约好初六要唱戏，初七来也可以，迟一点无所谓。对高台戏的要求虽然严格，但给的价格也高。平台戏价格相对低廉，有时候戏班子没有收入，人家给点钱就能演。

借台戏，比平台戏又低一等。

每年三月三、四月八、五一、十一、正月初一到正月二十，这些日子是戏班子生意最好的时候，村村都要演戏，来请戏班子唱戏的人络绎不绝，还不一定能请得上。这时候的台口就是高台戏，价格高，戏班子不用担心没生意。离唱戏的日子越近，给的价钱就越高。高台是待价而沽，平台就得主动出击，戏班子得自己出去拉生意，央求道：唱一台戏吧。倘若村里觉得今年有钱，可以请戏班子来唱一台戏，也会答应。这生意就算拉成了。

过去为了生计，有些戏班子一个月三十天都得有戏演出。如果有几天开天窗，整个戏班子吃的喝的都成问题。所以每到一个戏班子没戏唱的时候，就会到村里和管事的讨价还价，说一台戏原本给别村唱，要五百元，在你这里，掏上一百元就能唱。这是借台戏。

后土祠品字形戏台同时开唱三台戏，自1870年后土祠在此重建后，那是后土祠品字形戏台唯一一次三台戏，也是迄今为止后土祠规模最大、人最多的戏。唱三台戏花费很大，花不起。实际上后土祠建庙也很困难，光建庙就建了十几年。当时，在后土祠山门过厅台演出的戏班，就是那个有名的寡妇班。

通常一个蒲剧戏班子，有生、旦、净、丑四个角色。比较普通的戏班子有一个生角一个旦角，讲究一些的戏班子配两生两旦，豪华戏班子配有三生、三净、三旦。黄河晋陕一带，当时的寡妇班是最豪华的戏班子、最好的戏班子。

在后土祠品字形戏台演出，一般说来，所有的戏班子都在东西两座戏台唱戏，没有人愿意上过厅台。观众都聚集在东西戏台前面的龙凤柏树下，过厅台那儿属于入口处，基本没有观众在。寡妇班够胆在过厅台上唱戏，一方面是因为对自身实力有信心；另一方面主要是后土祠建成那天，前来祭祀拜神看戏的人特别多，把整个后土祠挤得满满当当，戏班子在过厅台上演出，也不愁没有观众。

山西，晋南原来的万泉县、荣河县，是蒲剧发源地。万荣人唱蒲剧最字正腔圆。万荣话就是正宗的"蒲白"。晋南河津、稷山和新绛县人，唱蒲剧口音不行，道白得重新一个字一个字学。蒲剧在山西运城一带，有悠久的历史和深厚的人文土壤。这里戏曲文化十分发达。这里的农村人爱看戏，自发组成业余剧团，每每逢年过节期间演"家戏"。现在爱看戏的，几乎都会唱戏。会唱戏的看戏，就是看别人怎么唱，看的是门道。对于剧团来说，观众越少越要鼓劲用心演，因为台下坐的全是内行。外行看一会儿就走了，内行才会从头看到尾。

问：历史上，只有后土祠品字形戏台有评委，其他地方有吗？

答：好像是没有。后土祠品字形戏台评委，一般是由各村懂戏的高人和德高望重的乡绅担任。庙前村有一个人，出身读书人家。他爷爷当过县长。他本人对后土祠整套祭祀礼仪十分精通，是村上的绅士，年纪轻轻的，出门喜欢拄个拐杖，穿一身白府绸衣服，十分有派。他是后土祠评委中的排名第一，精通戏，眼光厉害。要是哪个演员穿错了戏服出场，他立马就能看出来，当场朝舞台上喊一声，把他的席揭了！如果哪边场面节奏不准，把他的板翻了！这些往事如今听上去好像是传说，却是真实发生过的事。总的来说，这些评委要精通戏剧，同时需要有一定的社会地位。主持后土祠祭祀的，是周边的十村六社。通常一个社有一个评委，也有特邀评委，特别懂戏的戏剧权威人士也能当评委。

皇天后土祠地位极高，在这里唱戏的规矩特别严格。一旦演员唱错了，或者犯了什么错，后土祠钟楼的大钟就敲响。这是社家叫停戏班演出的号令。出错的戏班子班主一听见钟声，吓得魂不附体脸都白了，到处散烟，见人就给人赔笑作揖求救求饶。在台上唱错戏的演员马上被人绑起来吊在钟楼下面以示惩戒；对班主，或者对演员个人还要罚钱，加演。

在后土祠品字形戏台上演出，戏可以不叫好，但不能错。后土祠圣地，要求特严格，出的价钱也高。各路戏班对于到后土祠戏台唱戏，那是又怕又喜，用足十二分精力唱戏。通常在后土祠演出唱完戏后，戏班子都要休息几天恢复元气。在这几天里，哪里来叫他们去唱戏都不会去；别的村听说哪个戏班子刚去过后土祠演过戏，也不会去叫他们，大家都知道戏班子在后土祠演疲了，即便愿意再去别的村演，那也达不到最佳状态。在后土祠品字形戏台演一场戏所要付出的精力，比得上在别的地方演三四场。

在后土祠唱错戏自然要受惩罚，唱得好也有奖励。演员表演获台下观众的满堂彩，评委当场表态："奖！奖银子！"马上有人把一盘赏银端上戏台。这时候另一个戏台上的演员立马换戏，因为这出戏已经被对家压了下去，再唱也翻不了身，不如及时改弦更张，另演一出，说不定还能把人气吸引回来，还有望反败为胜。在后土祠唱戏，看戏的观众很多，对于演员来说，这是一个露脸、充分展示自己的大平台，但凡被后土祠邀请的演员都是已经成名的角儿。这些名角来后土祠品字形戏台演戏都非常认真：一来是职业操守，敬业得很；二来是出于对后土娘娘的虔诚。开戏之前，他们都要在舞台前设香炉烧香，恭请后土娘娘出楼阁看戏。

四

晋南往事：董银午和董巨虎，父子俩在后土祠品字形戏台上唱过一次对台戏——

两个舞台同时对着演，黄河边的人叫"对台戏"。对台戏演出的时候，一边的戏好，观众会呼啦啦都聚拢到这边的戏台下面；另一边的戏台会马上换戏。戏换得好，观众又哗啦啦再聚拢到另一边。有时候唱对台戏的是师徒，或者是父子，在这种特殊环境里，才有学生不让老师、徒弟不让师傅、兄弟不让兄弟、姐妹父子同场都互不相让的场景。但是下了场，师傅还是师傅，徒弟依然是徒弟，关系并不会受影响。

蒲剧有一个名家，叫董银午。1949年以前，董银午在西安一个大戏班子唱戏，名气大得很。他演关公戏一绝，功夫非常了得。抗战时期，他的剧团和几个日本浪人发生过冲突，剧团里有些人是有真本事、有真功夫的，结果把那几个日本人打死了。董银午的儿子董巨虎，武功在蒲剧界是最好的。董巨虎演武松的戏最好。

当时，董银午成名已久，儿子董巨虎还没什么名气。小董和老董上台唱对台戏，董银午年纪比较大了，有些动作做不了。董巨虎正值当打之年，他在舞台上表演翻筋斗，台下有人给他数着，据说一口气翻了八十四个筋斗。好像有点夸张，但他因此扬名。后来坊间流传董巨虎比他爸强。董巨虎，戏痴，有名的一根筋，不懂人情世故，一辈子只知道戏。他演戏认真，哪怕董银午是他老子，小子上台唱对台戏也是毫不留情。

董巨虎七十多岁的时候，有一次演他的拿手戏《提刀》(《翠屏山·提刀》)，需要翻高翻，这是一个高难度动作。按理说，董巨虎这么大年纪，翻一个就够了；他非要翻三个，结果一不小心滚到舞台下面摔伤了。有人说，董巨虎这样做，不是逞强，而是他觉得自己在台上，不能对不起观众。

后土祠品字形戏台，一个"品"字在民众心中地位很高。到这里来演戏的人，没有不认真的，也不敢不认真。不过有时候，太过认真紧张也会出错。那个穿错戏服的正旦南娃是当时的名角儿。"宁穿破，不穿错。"这个规矩，她不懂？"在后土祠唱戏，戏，可以不叫好，但不能错。"这个说法，她不知道？穿错了戏服上场，被当场揭席，翻板子，有什么好说的？认！

监台不懂戏，听见台下评委发话，让监台揭席，让监台翻板，照做。有时候台下评委一喊，台上监台一揭、一翻，引发一场闹剧悲剧。前面说的那个监台，八成是庙前村的人，他没文化，好出风头，平日里小茶壶不离手，嘴里咂着烟，神气得很。有人送他外号"八成"，人家十成的脑子他只有八成。

监台，又叫供台。后土祠庙会期间，八成供台主要负责捻灯油捻子。他最喜欢拿一根长杆子站在台上维持秩序；一旦下面人有些喧哗，他就拿杆子捅人，厉声喝道："别闹！"有时候别人在下面看戏好好的，他拿着杆子在上面乱打，觉得这样很威风。

过去的舞台晚上演戏全靠油灯照明，一个台角一盏灯。为了保证油灯不灭，每个台角都有一个供台负责看灯，轮流换班。供台晚上看油灯，维持秩序；白天从井里绞轱辘打水，供应庙会上卖吃食的和戏班用水。供台都是有工钱的。为了一直能当后土祠监台，八成每年都会买两盒烟送给社家。

事实摆在面前，有时候一个角儿能够撑起一个戏班子。为了能让本戏班的角儿出彩翻红，自然会有一些暗箱操作。比如说，费点口舌鼓动几个戏迷，给戏班子要捧的角儿披红。这种操作颇有风险，如果那个演员火候不够，功夫不到家，明着暗着硬捧，没准儿就会惹出一些事端。有些初出茅庐的年轻演员，大概率是没有资深演员演得好；一旦配戏的老演员不忿气，下回上台就会罢演："既然他披红了，他是红角儿，你让他演，我不演了！"因此有的年轻演员，哪怕是这次演得再好，够得上披红，戏班子班主还是会压一压，暂时不让小年轻披红，平衡一下老演员的心理。

有心眼儿的人，会找机会在私底下活动，通过中间人找观众给自己披红。这样一来没有把柄，老演员也无话可说。台上演戏唱戏的时候，看戏场地有小商小贩卖各种吃食。有些想披红的演员私下去找这些小商小贩，跟他们商量。有一个很红的小旦，披红很夸张，一场戏下来能披几十件披子面。披红披的是一挂挂红绸，归披红演员所有。这个小旦认识一个卖醪糟的，提前跟卖醪糟的小贩说好，让卖醪糟的拿着小旦提供的披子面，在台下请观众喝一碗醪糟，是免费的；然后让观众拿着披子面上台给那个小旦披红，醪糟钱由小旦支付。观众不用自己掏钱买披子面就可以上台给演员披红，还白喝了一碗醪糟；小商小贩的销售也有保证；那个小旦披了红得了名，三方受益，何乐而不为？明面上严格地说，这些所谓的披红潜规则，在后土祠品字形戏台一般不存在。后土祠规矩特别大，评委也多，通常是有六到十个评委，他们对圣母后土娘娘虔诚得很，看戏十二分认真挑剔。请留意：评委是评委，社家是社家。社家是后土祠祭祀的组织者。监台供台，同时也是后土祠祭祀筹办班子成员，负责收账、记账、跑腿等工作。

专访后土文化传承人潘新杰先生，影像记录：潘新杰，现在是后土祠祭祀组织者，又是蒲剧爱好者。他跟很多蒲剧社团和演员都熟，平时看戏，他都能坐在戏台上看。他说过去有一个戏迷，属于"菜，还瘾大的人"，看不懂戏，但是酷爱在看戏的时候扔披子面。这个戏迷很有钱，每回看戏都会准备很多披子面往舞台上扔，老是抓不准机会，因此，老被别人嘲笑说他不懂，胡扔乱扔。于是，这人就央求潘新杰在合适的时候给他打手势，他好配合扔披子面。那时候每次潘新杰往戏台上一坐，他就手上挂着披子面挤到戏台前，两只眼睛紧盯着潘新杰在台上的动作。当戏唱到打板的时候，潘新杰将手微微往上一抬，他就赶紧把披子面拿上摆出准备动作；只要潘新杰把手微微往外一翻，"唰"一声，他就把披子面扔到台上了。有时候打完板，潘新杰肩一垮，手一收，台下蓄势待发的人也跟着收回手臂身体往后缩；然后台上再一抬手，他马上支棱起来。这个戏迷对扔披子面，乐此不疲。他看戏，能连续在台下站几个小时，站到腿疼也不知疲倦。

潘新杰先生原先供职于黄河河务局。他从小到现在，在过去漫长的岁月里经年累月地看戏，成为蒲剧行家。如今，除了张罗主持后土祠庙会祭祀，他还担任戏曲活动评委。

潘新杰小时候曾在后土祠改的学校里读小学。他在那里读到六年级，初中去了荣河念。初中毕业后就到了黄河河务局上班。那时候的黄河河务局，就是在现在后土祠住的房子。后来，万荣后土祠要发展旅游开发扩地，把河务局的房子也扩进去了。潘新杰说自己前半辈子五十年人生，全在后土祠周围打转转。

2000 年他调入县里。

五

元杂剧剧作家关汉卿是山西临猗人。晋南临猗现在有一座关汉卿大剧院。

蒲剧发展到今天，剧目多，达一千多部，绝活儿多。我们留意目前中国的很多传统剧种，都学习吸收过蒲剧的内容，包括剧目、绝活儿等。九十多岁的蒲剧名师王秀兰与常香玉、红线女齐名。王秀兰的《窦娥冤》特别有名。京剧《红灯记》主演刘长瑜曾向王秀兰请教过，跟她学过《卖水》这出戏。王秀兰四个最拿手的戏，分别是《裱画》《卖水》《杀狗》《烤火》。她精于扇子功、跑水步、嘴皮子功。王秀兰的《烤火》是一绝，其中有一幕是寒冬腊月屋里只有一炉火、一张床，没有几句唱词，全都是动作戏。有人说六月看王秀兰的《烤火》，都会觉得浑身冷得发抖。王秀兰的《烤火》戏，个人风格强烈；她的学生到中戏表演这出戏，中戏教授一看就说，这是王秀兰老师的戏。现在京剧的《富贵图》，还有秦腔、豫剧等大剧种，都是把王秀兰在《烤火》中的那套表演身法移植过去的。

我们在晋南寻访，每每听见人们津津乐道说王存才的"挂画"。"挂画"中运用的是跷功。所谓"跷功"就是"踩寸子"。早年间，蒲剧舞台上几乎都是男的扮演女性角色，纵然四功五法精妙，但是罗裙下那一双男人的大脚却难以掩盖。于是发明了"踩寸子"就是脚上蹬一双木制的小脚跷鞋，正好是"三寸金莲"的样子。然后用绑带把脚背同木芯牢牢扎死，根据跷鞋斜度推测，几乎是脚尖朝下插在跷内。脚下踩了寸子之后，身体重心提高，身姿显得更加轻盈，在舞台上表演"挂画"，婀娜多姿的步态更显女性的柔媚感，好像西洋人跳芭蕾舞。

扎跷是个苦功夫，把脚和小小的跷鞋绑到一起，吃饭、练功都不解，直到睡觉的时候才解开，第二天起床又穿上。久而久之，脚都变形了。正是这样，才练就蒲剧旦角演员能踩着跷鞋在桌椅上灵活做出各种高难度动作的功力。

民国时期，王存才的跷功有名，他站在椅子上表演"挂画"，动作娴熟，比杂技团的专业人士还厉害。有一次，台下坐了个很漂亮的女观众，王存才用纸团了一个纸团，一丢；再抬起仿若三寸金莲的跷一踢，那纸团就直接落入台下女子的怀中。蒲剧《挂画》是一出绝技很多的剧目。这出戏是《梵王宫》中的一折，各种梆子戏剧种中都有。各有不同的演法，河南梆子是以"耍大辫"取胜，蒲州梆子是以板凳功、椅子功为其特点。这戏的诸多高难动作就是王存才创造的。戏中，含嫣布置新房要挂画却够不着，让丫鬟搬过一个长板凳，她十分兴奋，一步蹿上板凳，稳稳地站在凳上，腰一扭，膀一摇，踩着跷飞身上凳，然后她走到板凳的一头——长板凳的头是伸出在板凳腿的外边，本来用手一压这头，另一头就会跷起来。可他活动在板凳头上，板凳却纹丝不动。他在板凳上面，双腿立、单腿立、单腿蹲，凤凰展翅、童子拜佛，种种绝技表演，是在表现主人公在新房里挂画时的心情，不是在单纯卖弄技术。当时民间流传有一说法："宁看存才挂画，不坐民国天下。"

山西运城，关公故里。蒲剧中的关公戏，过去通常是一个蒲剧演员成了名角儿之后才敢学的。如今虽然没这么讲究了，但是也要有一定戏剧基础和基本功之后才能学。过去演员上台演关公戏之前，一定要先到关公神像前上香磕头，非常虔诚。运城解州，这里的人对关公特别敬仰；对扮演关公的演员身材、外貌要求很高：他必须身材高大魁梧，嗓音洪亮。有一回，一个演关公的蒲剧演员个子比较矮，台下观众觉得他亵渎关公，把他从舞台上拖下来打了一顿，吓得他以后再也不敢演关公了。

关公戏，有一套规范的表演程式。关公戏属于敬神戏，过去演戏酬神必然有关公戏。现在，后土祠稍有不同。后土祠有东五虎殿西五虎殿。东五虎殿供奉的是五岳大帝；西五虎殿里，供奉的是关张赵马黄。关公在后土祠相当于现在的"保卫科长"。过去后土祠的关公像是站立的，现在改为坐着。潘新杰先生曾为后土祠西五虎殿写了一副对联："在世扶蜀五虎将，归天护雕一殿神。"后土祠过厅台有一副对联，也是潘新杰先生写的："游哉，悠哉，头上生旦净丑；演也，艳也，脚下士农工商。"

后土祠，先前在早已被黄河淹没的宝鼎老城，当年有三十个戏台。后土祠下面的庙前村，也有四五个戏台。我们寻访中看到，运城村村都有戏台。三家村，地处山坡的坡中间，地势险要，村子三面围墙，唯一让进出的入口处修建了门楼。门楼当中板子一搭，下面过人，上面唱戏，也是一种乡村过厅台。抗日战争时期，这里的三家村一带，除了有日本军队，老百姓还受到一股叫"滩大王"的土匪骚扰。那时候，听说日军来了、土匪来了，三家村立马把门楼关上，整个村子好像铁桶一般合围，外人进不去。

荣河以前是一个县；早在西汉时期置县，叫汾阴。汉武帝在此祭祀后土建立后土祠，并吟唱了流传千古的《秋风辞》。唐开元年间重修后土祠时，发掘出土一个宝鼎，于是改汾阴为宝鼎县。宋朝时，因"荣光幂河，视为祥瑞"又改宝鼎县为荣河县。其间，县名虽几经更改，但治所依旧不曾搬迁，都在今天的荣河镇宝鼎村。

1920 年，荣河知县曾广钦经批准，将县公署由宝鼎迁至冯村，把后土庙当县公署办公。后来，县公署新建好以后，冯村就成了本县治所在，老百姓称宝鼎为老城。1954 年 8 月，万泉县、荣河县两县合并，才有了今天的运城万荣县。荣河取代了冯村，本县治所，建在解店。

后土祠下面黄河边上，有一个观河台。中国抗战时期，这里叫步子崖。当时面积比现在大，后来黄河大水冲刷崩塌了一部分。日本军队侵入万荣时，在那里建了一座碉堡驻扎了七八年，时间久了与周边村落的老百姓都混熟了。当时庙前村边上黄河中心有片沙滩叫葫芦滩，原国民党军雷文清逃到那里，纠集了一帮地痞流氓组成土匪武装，时不时地到周边村庄抢劫财物粮食，老百姓叫他们"滩大王"。日本人在步子崖驻扎，滩大王到各村抢劫扫荡的时候都绕开庙前村，使庙前村免于洗劫。

"为了同化当地百姓，"潘新杰说，"日本人对庙前村百姓还算比较友好。"

当年潘家是庙前村边第一家。潘新杰的父亲四五岁的时候，家里养了一条小狗。有一天，一个日本兵到村里挨家挨户收粮食，刚推开潘家门，小狗护家，叫一声扑上去要咬日本兵，被他一枪打死了。飞出去的子弹打到院子的照壁上，打出一个小坑。潘新杰说他父亲受到惊吓，又心疼小狗，"哇"的一声哭起来。过了几天，潘家听到院子门响，出去一看，发现之前那个日本兵又来了，还带了一只小狗赔给潘家。平时日本兵到村里，还会随身带糖，见到小孩子就发糖。当时日本人为什么会对庙前村老百姓示好？潘新杰说自然是因为他们也怕被中央军包围，想尽可能拉拢一些支持者。日本人战败后回国，到了一九八几年，有几个在碉楼驻扎过的日本兵还来过庙前村和后土祠，当时村中健在的老人认出了他们。

"日本人曾经对着后土祠打过一炮，"潘新杰说，"那个炮弹打中后土祠秋风楼后面的一座小神殿。小神殿里供奉着一尊后土娘娘像和一匹马塑。炮弹打在娘娘像跟前，没炸，是一发哑弹。于是大伙儿都传说，后土娘娘显灵了。"

百年沧桑秋风楼还在，有一说法，这是后土娘娘的梳妆楼。

现在后土祠里那块刻着庙貌图的石碑，上面的图案就是后土祠在脽上最繁荣的样子。宋真宗依照皇宫的规模重修后土祠，这是海内外祠庙之冠。后来黄河无情泛滥淹没了脽上，冲垮了后土祠，直到清朝同治九年再次在现在的地址重建。我们看到现在的后土祠里萧墙壁是宋真宗亲笔书写，这是当地百姓从黄河里打捞出来的。有一块唐明皇的璧还沉在黄河河底。

《资治通鉴》记载：中国历史上有八位皇帝，二十四次来山西荣河后土祠祭祀。

六

陕西秦腔和山西蒲剧差不多同时期出现，属于姊妹剧种。业内是否承认秦腔、豫剧、京剧、河北梆子由蒲剧发展而来？中国京剧就是山西蒲剧演员到北京用当地方言演出形成的剧种。晋南临猗郭宝臣进京，给慈禧太后演戏还被封了官。郭宝臣是清末名气极大的蒲剧演员，在京城连有名的京剧演员都演不过他。后来，郭宝臣可能是被演戏这件事伤透了心，他既没有把自己的技艺传下来，也不允许自己的后代演戏。郭宝臣先生没有传承。

传承有序，民间有这么一说：王存才气哭王秀兰，孙广胜替王秀兰出气——

孙广胜是花旦泰斗，跑圈、台步、飞步走得最好。王存才的踩跷最好。有一次，王存才和王秀兰合作演《拾玉镯》，王秀兰演小旦，王存才演媒婆。原本小旦为主角，媒婆为配角。媒婆跟在小旦后面跑，有个术语叫跑花梆子。王存才腿功走功过硬，他跑花梆子跑得十分好看，牢牢地吸引了观众注意力，连连给他叫好，反衬得小旦黯然失色。当时王秀兰年纪还小，看到这种情况气得直哭。孙广胜也是男旦，他的台步比王存才还好。他知道了王秀兰被王存才气哭的事，对王秀兰说："今天晚上你别上场了，我替你演。"孙广胜化好装上场后，王存才还以为是王秀兰，依旧按照之前的方式表演。待到跑圈的时候，他跑了半圈发现不对头，他居然跟不上对方的步子。之后，王存才再也不敢跟在小旦后面跑，干脆停下来站到一边看孙广胜跑。这就是演员在台上斗戏，好玩的花絮。

留意山西戏台细节，你会发现，一般有前后两排柱子，后排柱子后面还留有一些空间，演出时在后排柱子间将布幕一挂，幕后空间就是后台，演员化装、换衣服、扎大靠都在后台。

戏班子到后土祠品字形戏台唱戏，通常都是住在后土祠的东西倒院，有时候住不下就安排在庙前村。演员们住在东西倒院，条件比较艰苦，男女分住，都是打地铺，铺上麦草。1949年新中国成立以后，有一段时间后土祠被改为学校，东西倒院当作教室。

名角贾悦发是唱生角的，退休后把胡子留起来。后来，有一年搞老艺人献艺演出，当时他已经八十多岁了，把胡子剃了演了一个戏。他的戏变脸最好。这里有一句话："京震的沟子，悦发脸。"这里还有一个唱花脸的，艺名叫"一声雷"。他有一个戏，叫《春秋配》。

《春秋配》里有个折子戏叫《采花》，讲的是女子秋莲为躲避迫害，夜晚与乳娘出逃。路遇侯上官行劫，杀死乳娘，又欲威逼秋莲从奸。行走至一涧前，秋莲生计借求侯上官采花，趁机将他推坠涧下，然后逃入尼庵暂住。"一声雷"演的侯上官腿摔坏了，无法行走。这个时候就用屁股、方言说"沟子"行走。这就是"京震的沟子"，是蒲剧里一个绝活儿。贾悦发的戏，变脸变得特别快特别好。《窦娥冤》戏里，窦娥在庙里烧香，张驴儿欲调戏窦娥，窦娥抓了一把烟灰按到张驴儿脸上，张驴儿一瞬间变成大黑脸。这也是蒲剧的一个绝活儿。

其实，舞台上有一个二幕。演出的时候二幕是拉起来的，装着黑油彩的碗就准备在二幕后面。演员动作之快，台下观众完全看不出是什么时候把手伸进二幕并把脸涂黑的。贾悦发变脸一绝，所以说"京震的沟子，悦发脸"。贾悦发在蒲剧界威信很高。他演的《周仁献嫂》，虽说阎逢春演的周仁非常有名，事实上，贾悦发演的周仁比阎逢春的周仁更好。《周仁献嫂》有一段周仁哭坟的戏，演员哭得鼻涕流下来再吸上去，就这样上下几次却不掉。现在看起来好像有点不雅观，但是在从前那个年代，这可称得上是一个绝活儿。

贾悦发，1900 出生，1994 年去世，工小生，山西运城常平村人。十四岁进入晋南临猗县王川子的明娃班学艺，师从卢耀

戏台

金代，山西晋城高平县，王报村二郎庙。

山西古戏台是中国戏曲文物中的实体遗存。

现在中国大陆仅存的一座金代戏台和八座元代戏台都在山西境内。

中国现存的明代戏台大约有六十余座，其中有一半以上在山西。

清代戏台，至今在山西保留最多。

林。成名后，许多班社争相聘请，先后搭过解州马村赵连成班，永济朱老二班，安邑白水班，夏县秦占胜班、朱三宝班，闻喜张青海班，还有万荣陈雨山班。

蒲剧《周仁献嫂》讲的是：明嘉靖时，严嵩当权，朝臣杜宪被陷害身死。杜子文学之友风承东，见杜家势败，遂往严府告密，说杜将为父报仇。严派校尉逮捕文学，文学仓促间托妻于义弟周仁。严府总管严年，见杜妻貌美，唤周仁入府，强予富贵，并以杜生死为要挟，迫周仁献出杜妻。周仁夫妻不肯趋炎附势，周妻毅然代替杜妻怀刃上轿，谋刺严年未遂，自刺而死。人皆误为周仁献嫂求荣。文学得周夫妻相助，后终立功授职，及至钩审全案。周氏夫妻义行真相大白。

贾悦发演周仁，仁者见仁智者见智。悦发擅长演什么角色，这个角色就特别出彩。比如说他演《和氏璧》中那个张仪，绝对是一绝。有一场戏叫《激友》，戏中，苏秦做了六国宰相。张仪与其师出同门，欲投奔苏秦。苏秦知道张仪生性傲慢，故意刁难他。张仪生气离开，后助秦统一天下。张仪是万荣人。贾悦发的脸上戏非常足，把张仪这个人物演活了。他演《长坂坡》有个劈叉的桥段。他劈叉下去的时候，其实有一条腿是屈着的，是偷懒没伸直。他的表情很到位，观众被他的表情吸引，完全没有注意他在偷懒。有人说，老贾他偷懒偷得非常巧妙。内行管这个叫"假叉"。台下观众哪里知道这是真叉还是假叉。万荣蒲剧团有几个有名的老艺人，贾悦发就是其中第一人。

七

从前，后土祠品字形戏台下面是黄土，现在都铺上了地砖。地面铺了没几年。老一辈人说当时后土祠非常艰难，"光一个庙就建了十一年，都是民间捐款修建的"。

后土祠品字形戏台，老规矩是，唱戏的时候，东边戏台先敲锣，西边戏台收尾。是不是上东边戏台的戏班子名气要更大些、更厉害一点儿？这个不一定。一般说，谁先到，谁先上东边戏台。有的时候是抓阄儿，因为东边戏台先唱，观众都在东边；上西边戏台的戏班子，要吸引观众去西边，开场必须是招牌的演员，要不然观众一般拉不过去。选东边戏台唱戏，要的是占点先机。在后土祠品字形戏台演出，排戏有很大学问，也是很关键的，好比当下电影院线排片颇有讲究，搞不好就搞砸了。没戏，没救。

万荣剧团最后一年排戏的时候，当时万荣剧团的演员阵容比较强大，老牌演员有贾悦发和京震等人，下面的中青年演员也行。那天晚上演出，老师上一个戏台，学生上另一个戏台，两边都是他们一家的，互不相让。头一天晚上，东台是京震"一声雷"演的《打渔杀家》，京震花脸，这是他最知名的戏。贾悦发演《折桂斧》。还有一个男旦，叫李维新，演《三上轿》，演得是好！老人、老戏迷说："新中国成立以后，很少有人看男旦了。因为，女演员多了起来。李维新后来就改行唱乐队了。"

还有一个老导演叫王万华，他演彩旦、丑旦——恶婆婆这一类的，演得好。他演《拾玉镯》里面那个媒婆儿，表演得非常幽默诙谐风趣。这四个老艺人，就是当时蒲剧界万荣剧团最老的那几个前辈。东边戏台就是四个折子戏；西边戏台，年轻的演员杜方良《舍饭》、顾瑶岗《寇准背靴》，还有一个《裱画》，蒲剧名师王秀兰最知名的戏，就是裱画这一段。京剧名家刘长瑜，演《红灯记》中的铁梅，曾经找王秀兰老师学习《卖水·裱画》里面的扇子功，以及舞蹈动作。学成之后，刘长瑜经常出国演出《卖水》。她对王秀兰老师念念不忘，时常提起。蒲剧的历史比京剧还要长。中国传统剧种里，蒲剧的戏目最多，绝活儿最多，像蒲剧《挂画》中的跷功，各剧种都学习过蒲剧的表演方式。

山西看重关公戏。在后土祠品字形戏台演出，如果东边戏台唱关公戏，西边戏台自然会想，你是关公戏，我也得是关公戏，这样才能接得住。东西两边戏台具体唱什么戏根据各自的演员决定，哪个拿手就唱哪个，尊重个人的拿手戏。名家董银午有他的关公拿手戏，筱月来拿手的《水淹七军》是关公戏的一段戏。万荣剧团的飞天红唱的《古城会》，一般没人唱得过他；只要他唱《古城会》，就没有其他人敢唱。飞天红，是艺名，脸上有麻子的麻子红；十三岁就红了的十三红。过去，演员艺名有红字的比较多，有红字跟披不披红没有必然关系。这是艺名。这些演员都披过红，名气大的都披过红。但是披过红的也不一定红。有一个演员叫尧庙红，在尧庙古会上唱戏唱出了名，叫尧庙红，后来好像不怎么红吧。演员艺名里还有叫香的，比如说在兰州成名的小兰香。

最早，蒲剧表演是从祭祀发展而来的。后土祠祭祀演戏酬神起源于后土祭祀。每年农历三月十八日祭祀这一天，大家抬上祭品，吹着唢呐，行三叩九拜大礼。祭祀开始，后土祠品字形戏台三台戏同时上演开唱，这是祭祀活动中的一个重要环节。以前的戏剧就是祭祀神明，所谓演戏酬神，不是给老百姓演的。

后土祠祭祀，前期准备大约要一个月，有时候要两个月，看具体要求。1949 年以前，这里十村六社，一个社两个村。潘新杰先生是庙前村人，从小就在那里长大，对后土祠、对万荣比较了解。他说，举办后土祠庙会，一个村六年才轮上一次。大家对后土娘娘非常虔诚，都愿意出钱出力，形成了一种竞争。今年这个村办，交了两台戏。明年下一村办，就可能是三台戏四台戏，好像比赛一样。轮到哪个村举办后土祠庙会，哪个村就会努力表现，尽力而为多出钱多出力。

大的剧种都有关公戏。现在，每年农历三月十八，后土祠祭祀在中午十二点之前完成。庙会祭祀正日，一大早交警就要把各个路口堵了。祭祀结束之后才能放游客进入。现在的祭祀顺序是，击鼓鸣金，进献三牲：全猪全牛全羊，三叩九拜，主祭人宣读祭文，乐舞告祭，品字形戏台三台戏开演。不一定是每次都有三台戏。

旧时代，后土祠庙会期间，每天晚上有东起西落的火炮戏，正日彻夜不眠，不停戏。请戏班子的钱，是十村六社自发自愿捐款。过去是用筐篮，就是一个很大的筛子收集捐款，自愿捐，捐多的捐少的都有，不计数，很快十个筐篮里都放得满满的铜钱。

我们回到当下，运城市蒲剧团是这里演出的最高级别。市级比县级的演出费高，当然市级的演出水平高出县级。每年剧团团长都会提前给后土祠庙会组织者打电话联系，商议演出的事：村里有什么要求，运城市蒲剧团来演哪几场戏，都有哪几位有名的演员来演，在后土祠必须唱两场戏，最后一句话最要紧：谁出钱。

都是各家各户老百姓出钱，是自愿出钱。2000 年之前，那时候运城市级蒲剧团演一场戏两千元。当时，后土祠祭祀活动组织者定了五场戏，五场戏要一万元，是不好凑的。到了腊月，在外头经商做生意的人陆续回来了。有钱人有钱愿意出钱，这个事情就好办了。

这年演了九场戏。原定的五场变成了九场。

这九场戏是怎么演的？ 1949 年以后，后土祠庙会都是晚上演一场戏，一场戏通常要两小时到三小时。那次庙会，最后变成早上两场，晚上两场。说是捐的钱太多了，花都花不完。在外头做生意回来的那些村民，都吵着闹着抢着要加戏、要捐钱，有些人还闹得挺不高兴！可见，不少人把出钱给后土祠办庙会祭祀酬神，引以为荣，抢着给钱！

　　与旧时代比较，在明清晋商鼎盛时期，山西商人走南闯北在外地经商，挣了银子回到山西老家，建宅院，建庙宇，建戏台。回家真好，有戏看，过一把戏瘾！那时候的晋商创立票号，实现货通天下、汇通天下的理想。与此同时，山西商人把山西的中路梆子晋剧晋腔、南路梆子蒲剧蒲戏带出去，把关公和关公戏带出去传到全国各地。现在，我们可以看到历史遗存，分布在全国各地的晋商会馆、陕晋会馆都有山西样板古戏台。

　　"最后没办法，"当下后土祠组织者潘新杰说，"有几个实在轮不上他出钱的，我只能让他们买披红绸缎被面，演员演得好了，台下的观众就扔到台上去。还有买糖弹和香烟的。"有的村民一买就是几百块的披红，演员一开唱，他就往舞台上扔。乐队的师傅看在眼里，找后土祠组织者反映情况，咱说道说道："台上演员都扔披红，我们乐队咋啥也没有？"于是，有的村民买上几麻袋糖弹，演奏最起劲的时候，就把整个麻袋的糖弹撒在乐队师傅身边，嘴里还喊一声："给场面的！"乐队师傅也跟着回一声："好呀！"剧团演员说："没见过这么热情的观众！"

　　庙前村有一个村民爱扔披子面，给演员披红。不懂戏，每次都扔不到点上，因此被大家嘲笑。这是开心果，花了钱自寻乐趣，自找丢人现眼的事。

　　"我们的捐款有花名册，"现在的后土祠组织者说，"组织非常健全，有会计，有出纳。一块钱开支也要经过我签字，才能报销。戏演完，就会在红纸上写一个详细的明细贴在戏台边上。"每一次都如此，花了多少钱，大家都清清楚楚。有一段时间，村里有几个人也想带头组织庙会，他们到各家各户去收集捐款。结果庙会还没举办，这几个人就开始又吃又喝又抽。这么搞，村民不接受，纷纷要回捐款。后来村委会请后土祠庙会组织者继续举办每年的庙会，立下规矩：

买烟酒不能用捐款；

吃饭不能用捐款；

捐款花销明细必须公布。

……

我们听后土祠庙会组织者说：后土祠这几年搞了几次大活动；一次活动就得十几万。每次，都是由现在后土祠庙会组织者操办。

现在后土祠庙会都有负责人。搞活动之前，先要有个大概的预算出来，然后组织村民捐款。

1949 年以前，村里的乡约就是现在的村主任。乡约负责组织筹钱，社家负责操办。后土祠的社家就是专门负责后土祠祭祀演戏酬神活动的，包括程序形式，筹钱实际操作。这些具体的事，乡约是不懂的，全由社家包办。社家，是旧时代的叫法。新时代就没有这个叫法了。十年"文革"时期，那时候"破四旧"，后土祠庙会祭祀演戏酬神活动不能有，只好唱戏。那时候唱什么戏？

……

写到这里，我剪辑一组画面。

寻访：

晋中太谷，孔祥熙家。孔家有戏台。一个家族，一个时代。有人说那个时代，孔家牛。现在你看，孔家旁边有工厂，竖立一个大烟囱，你还牛个鸟！

寻访：

山西清徐县，徐沟村文庙。这是一座规模很大的文庙，眼下正在进行大规模整修；我们暗自担忧，历史的质感将不复存在……

王向群老师让小飞机升空飞一圈拍摄，看一下今天徐沟村的文庙画面，留下影像记录。

寻访：

侯加富，七十岁，村里给他补贴看护西怀远村娘娘庙。西怀远村距离徐家沟约十公里，在208国道西侧。

中国国家地理杂志中文繁体版编辑贾小娇，是山西清徐人。小娇说，这个村子有很多老宅子，离她家很近，五公里。

晋商，两百年人家。从前那镇、那村、那人，富得很。现在人呢，都跑到哪里去了？

南尹村。我们在小娇老家村子里住下来。有剧团来到这个村里演出。村里有戏台。听当地小孩唱一段民谣：

拉大锯，扯大锯；

姥姥门前唱大戏！

接闺女，唤女婿；

小外甥，也想去！

……

回到省城太原。有一天，和山西的孟伟教授喝茶聊天。我说我们去晋城寻找景德桥，这是商旅必经之路。问本地人，不知道。好不容易后来找到这座桥，从这里出发去运城，然后沿着黄河一路北上，奔壶口、碛口，继续北上，奔杀虎口，走西口……

听说我们想做《山西行》专题，孟老师批评我们眼睛一直盯着晋商、晋中商人，其实晋南、晋南商人更应该被留意。这回，孟老师说着说着激动起来，语气强硬。我接受孟老师的严厉批评。孟老师说晋商的精神核心，是一个"和"字。"和实生物，同则不继。"这是晋南商人对整个晋商的最大贡献。通常说晋商，一般人说的是晋中商人。孟老师说得有根据、有道理。孟老师说他走的是文献、田野考察路子，拿证据说话。

记录：黄河，壶口。今天早上从河津出发，不走高速，不走省道。导航导出一条山路。这是一条崎岖、危险的山间小路。我们开车穿越吕梁山，直奔黄河边，居然没有走错路。

或许，我们会忘记这趟寻访走过的地方。这条路，我们记住了。

写到这里，最后写七个字：山西行，山西有戏。

图书在版编目（CIP）数据

后土 / 冯三羊著. -- 北京：作家出版社，2025. 3 --
ISBN 978-7-5212-3250-9

Ⅰ. I247.5

中国国家版本馆 CIP 数据核字第 20258BQ459 号

后　土

作　　者：冯三羊
责任编辑：李　雯
装帧设计：金泥工作室
出版发行：作家出版社有限公司
社　　址：北京农展馆南里 10 号　　邮　　编：100125
电话传真：86-10-65067186（发行中心）
　　　　　86-10-65004079（总编室）
E-mail:zuojia@zuojia.net.cn
http://www.zuojiachubanshe.com
印　　刷：三河市龙大印装有限公司
成品尺寸：145×210
字　　数：191 千
印　　张：9.625
版　　次：2025 年 3 月第 1 版
印　　次：2025 年 3 月第 1 次印刷
ISBN 978-7-5212-3250-9
定　　价：69.00 元